# BBC
# DOCTOR WHO

Combat Magicks
## 战斗魔法

［英］史蒂夫·科尔／著
吴　垠／译

新星出版社　NEW STAR PRESS

DOCTOR WHO: Combat Magicks by Steve Cole
Copyright © 2018 Steve Cole
First published as Doctor Who: Combat Magicks by BBC Books, an imprint of Ebury, Ebury Publishing is part of the Penguin Random House group of companies. Doctor Who is a BBC Wales production for BBC One. Executive producers, Chris Chibnall, Matt Strevens and Sam Hoyle. BBC, DOCTOR WHO and TARDIS (word marks, logos and devices) are trademarks of the British Broadcast Corporation and are used under licence.
This edition arranged with Ebury Publishing
through Big Apple Agency, Inc., Labuan, Malaysia.
Combat Magicks Chinese edition copyright:
2021 Chengdu Eight Light Minutes Culture Communication Co., Ltd.
All rights reserved.
The Cover is produced by Woodlands Books Ltd.
著作版权合同登记号：01-2020-0117

---

**图书在版编目（CIP）数据**

战斗魔法 / （英）史蒂夫·科尔著；吴垠译. —— 北京：新星出版社，2022.1
（神秘博士）
ISBN 978-7-5133-4682-5

Ⅰ. ①战… Ⅱ. ①史… ②吴… Ⅲ. ①幻想小说-英国-现代 Ⅳ. ①I561.45
中国版本图书馆CIP数据核字(2021)第190608号

---

## 战斗魔法

［英］史蒂夫·科尔 著；吴垠 译

**责任编辑**：杨 猛
**特约编辑**：康丽津 姚 雪
**责任印制**：李珊珊

| | |
|---|---|
| **出版发行**： | 新星出版社 |
| **出 版 人**： | 马汝军 |
| **社　　址**： | 北京市西城区车公庄大街丙3号楼 100044 |
| **网　　址**： | www.newstarpress.com |
| **电　　话**： | 010-88310888 |
| **传　　真**： | 010-65270449 |
| **法律顾问**： | 北京市岳成律师事务所 |
| **读者服务**： | 010-88310811　service@newstarpress.com |
| **邮购地址**： | 北京市西城区车公庄大街丙3号楼 100044 |
| **印　　刷**： | 北京华联印刷有限公司 |
| **开　　本**： | 910mm×1230mm　1/32 |
| **印　　张**： | 8.375 |
| **字　　数**： | 157千字 |
| **版　　次**： | 2022年1月第一版　2022年1月第一次印刷 |
| **书　　号**： | ISBN 978-7-5133-4682-5 |
| **定　　价**： | 46.00元 |

版权专有，侵权必究；如有质量问题，请与印刷厂联系更换。

*献给卡米拉·乔杜里*

# 1

塔迪斯在漆黑的夜幕中翻滚着,如同赌徒掷出的骰子一般。呼哧声响彻云霄,形如警亭的蓝盒子的顶端射出耀眼的灯光。

突然,一道奇异的金光闪烁起来,探出了云端。塔迪斯飞入其中,呼哧声变成了尖厉的哀鸣。

"哇——噢——"博士从冒烟的控制台边单脚跳开,吹了吹手指,"塔迪斯不喜欢那个东西!它不喜欢!"

"对,我也发现了!"主控室急剧倾斜,格兰姆不得不紧紧抓牢凸起的水晶岩石。灯光从温暖的橘黄色变成了恐怖的紫红色,在洞穴般的房间里频频投下阴影。低沉哀恸的钟声从某处传来,仿佛在宣告世界末日已经降临。格兰姆四下张望,想确认莱恩和亚兹是否安全。他看见两人的手臂在蘑菇形控制台的后方胡乱地挥舞,不由得舒了一口气。

"怎么回事?!"莱恩吼道。

"我们在离这颗星球三万英尺的高空中撞上了什么东西。"

博士逆着风艰难地走向控制台,看上去像是在表演哑剧。她的金发铺在脸上,蓝色大衣的下摆不住地拍打着,似乎想乘风起飞。

"那是一条能量带。你们快问我是哪种能量。"

"哪种?"亚兹喊道。

"不知道!我对此一无所知!这个回答是不是很妙?"博士咧开嘴大笑,仿佛能一口吞下他们似的。

终于,她走回控制台,旋转和轻推控制组件,直至一切归位。狂风平静下来,地面也渐趋水平。

格兰姆战栗着长舒了一口气,"天哪,我还以为我们死到临头了。"

"我们到了。"博士带着埋怨的语气说,"总有一天,我会熟练驾驶这家伙的……"她盯着控制组件,露出一副谅你也不敢反驳的神态。

"真的吗?"亚兹上气不接下气地问道,扶起莱恩让他倚着自己。

不过,莱恩不想接受任何人的帮助。他挣脱开来,摇摇晃晃地倒在控制台边,用手肘缓缓撑起身体,仿佛刚才的笨拙动作是刻意为之。

格兰姆不想让莱恩难堪,只装作没有看见。"大家都没事吧?"他问。

莱恩点了点头。亚兹拂开脸上的几缕黑色长发,"这么说,那条能量带对塔迪斯有害?"

"对附近所有东西都有害。"博士浏览着显示屏上的种种古怪信息,"幸好,现在是公元451年,人类还不会飞行。你们的祖先应该没什么事。"

"我们回到了过去!"莱恩笑着说,"嘿,博士——又到了我期待的问答环节——我们在哪儿?"

博士笑容满面,"我们在高卢。"

"高卢?高卢是什么?"

"高卢是个地名,伙计。"格兰姆回答道,"漫画角色阿斯特克斯就来自高卢。"他看见亚兹和莱恩面面相觑,不由得皱起了眉头,"争强好胜的高卢人阿斯特克斯,你们肯定听说过!他是戈西尼[1]创造的战争英雄……"

莱恩摇了摇头。

"说起来,戈西尼和尤德佐[2]的创作灵感还是我启发的。"博士把一缕头发拉到嘴唇上方,用金色的发丝假扮胡须,然后朝格兰姆眨了眨眼,"毫无疑问。"

"无论如何,"格兰姆故作高傲地对莱恩和亚兹说,"我知道这个地方,而你们不知道,所以我赢啦!高卢是法国的旧称,

---

1. 勒内·戈西尼(1926—1977),法国漫画家,代表作有《高卢人阿斯特克斯》《小淘气尼古拉》。
2. 阿尔伯特·尤德佐(1927—2020),法国漫画家,与勒内·戈西尼共同创作了《高卢人阿斯特克斯》。

对吗,博士?"

"高卢此刻就在门外!就是现在!"博士笑着吹开脸上的头发,兴奋地搓了搓手,"高卢不光是指法国,还包括比利时、卢森堡、意大利北部以及德国、瑞士和荷兰的部分地区……不过,我们的确降落在法国境内。"她掏出音速起子,把顶端对准控制台上的一道裂缝。等缝隙扩大后,她伸手进去,咬着牙在里面摸索起来。"具体地点是奥尔良和沙隆之间的……"她继续说,"城郊。"

"来一场欧洲自驾游!"莱恩咧着嘴笑道,"我们这就出去,对吗?"

"对,当然。"亚兹看着塔迪斯的白色大门。有时候,她发现大门在莫名地晃动,仿佛急不可耐地想被打开。"要我说,能量带在遥远的古代出现肯定不正常。"

"而且还出现在地球上。"博士扯出一根冒烟的半透明圆柱,上面缠绕着电线,"你们看!穿过能量带的时候,塔迪斯的力场发电器差点烧坏了。"

"所以,你们认为那种能量来自外星文明?"莱恩说。

"应该是。"格兰姆低声说,"反正,能量带距离地表有三万英尺,不会伤害到任何人。"

莱恩扫了他一眼,"鸟呢?"

"鸟飞不了那么高。"亚兹说。

"黑白兀鹫对此表示反对!"博士说,"不过没关系,它们飞得那么高,应该听不见刚才的对话。"她被自己讲的笑话逗乐了,"尽管上面空气稀薄,但它们仍然可以获取充足的氧气,在急流中翱翔数小时。"她又严肃起来,"生物为了充分适应环境,进化得多么令人惊奇啊!"

莱恩点了点头。"我也准备好进化了。"他走向通往出口的坡道,"让我们去观光一番吧!"

"嘿!"亚兹冲上前去,想抢在他之前出门。

"喂,等等。"格兰姆在后面喊道,"别一上来就那么拼!"

"你先照看好他们,格兰姆。"博士一边低声说,一边用音速起子修补刚才扯出来的发光圆柱,"我把它修好后就到外面去。很明显,我可以到任何地方去,因为我一直都是这样做的。"她对格兰姆笑了笑,"对吗?"

"对,头儿。"格兰姆赞同道,"一直如此。"他给自己鼓鼓劲儿,然后沿着坡道走向了未知。

## 2

这里并不适合安顿,他想,空地太小,距离新鲜水源太远,树木之间的间距太窄也没法儿生火。除此之外,这里还缺少称心的补给——人能吃的食物和马能吃的草料统统没有。自从成千上万的精兵过境,人脚、马蹄和车轮已将平原变成了烂泥,天知道这片贫瘠的土地还剩下什么?

咬鬃摇摇晃晃,几欲倒地,它的身子被皮带勒出了鲜血。他把一只手放在长而宽大的马脸上,低声说:"随时待命。"他知道,咬鬃跟自己一样已经累得半死,这匹马还驮得动他实属奇迹。尽管明亮的火光让人无处遁形,他想,但我们还没有倒下。

他顺着树梢往上看,憎恶地望向永远燃烧着的夜空,因自己对这幅荒诞的景象习以为常而感到厌烦。接着,他瞥见挂在马鞍两侧的敌人首级,冷酷地笑了起来。他想,至少,我比这些可怜的蠢货强。

待在这个鬼地方,今晚注定无眠。他虽然疲惫不堪,但仍强迫自己专心盯着眼前的蓝色帐篷。这是一顶糟糕的帐篷——太高太窄了——人在里面怎么睡得好呢？另外，搬运帐篷的马车在哪里？拉车的畜生又去哪儿了？他之所以前来侦察这片区域，是因为听见了某种东西发出的吼叫声。他原以为自己会看见一头被女巫召唤出来的凶恶野兽，口吐火焰，毛发浓密。

他的女巫一定没有那么强大，因为她自称被战争削弱了力量，无法向罗马人发起反击。但是，他并不相信她的解释。他战抖着回想起上次见面的场景——她面容扭曲，勉强一笑，带着坚定的语气说："死亡无非是一次重聚，来世我们终将重逢。"

这句话不怎么安慰人，反而非常可怕。在其他人前往来世之前，他希望恶魔先带走这个狡诈的老巫婆，让罗马人的剑刺穿她的身体。

这里并没有野兽出没的迹象，他不禁怀疑早前头上挨的那一击影响了自己的神智。咬髻的耳朵垂了下来，它跟主人一样不信任眼前的帐篷。这时，门帘突然打开，他赶紧拔出利剑，将咬髻驱进了空地边缘的茂密树丛里。

令人惊疑的是，一个女人昂首阔步地走出了帐篷，举手投足间尽显大家之风。她美得无与伦比——长发黑眼，齿如含贝，深色皮肤和香水气味展现出属于东方的异域风情。她可能是芝诺比娅——已逝的巴尔米拉女王——在被施了魔法的天空下死而复生。"哇！"她仰望着摄人心魄的苍穹，仿佛看见天神在朝自己挥手。

随后,他看见一个年轻男人走出来,下意识地握紧了手中的剑柄。那个男人是罗马人口中的"埃塞俄比亚人",一头短发,皮肤黝黑。他看起来很强壮,但皮肤如婴儿般光滑,没有任何战斗留下的疤痕。他并未穿着盔甲,身上只有奇怪的薄衫。也许,他是那个女人的宦官兼护卫?年轻男人走出来后,当即被苍穹震撼住了。

等第三个人走出蓝色帐篷,刚才的种种猜想全都不攻自破了。他想,这下里面应该没人了吧?那是一位白皮肤的老人,身着奇怪的皮衣,抬头纹如同疤痕一般醒目。老人把双手分别搭在年轻男人和女人的肩上,同他们一起仰望树冠上方的夜空。

"难怪塔迪斯撞了上去。"老人说,"那就是我们刚才穿过的能量带?"

"那是什么东西?"年轻女人轻声问。

"古怪极了。"埃塞俄比亚人低语道,"我敢说博士会觉得这景象很美。"

"她当然会。"老人点了点头。

他们看上去分明是罗马人,却讲着他能听懂的语言——难道这些人是间谍?就算不是,这番毫无意义的交谈也会立即引来罗马士兵。无论如何,他们都得死。

他举起剑,靴子踢向马腹,策马在颠簸中冲向三个陌生人。他们不约而同地转过头,看着死亡冲向自己,吓得惊声尖叫起来。他猛地收回挥剑的胳膊,想让他们噤声。转瞬间,一个皮肤白皙、动作敏捷的女人冲上来,挡在了三人身前。她眼神坚定,胸前闪耀着一道彩虹。

"喂!"她说,"别这样!"

她的话如同一把投向咬鬃的斧头。马儿抬起前腿,猛地把自己背上的人甩了下去。他肩部着地,顺势一滚,直起了身子。

"待在我身后。"女人告诉她的同伴。

他向前一冲,朝她挥剑,剑锋劈开空气的呼啸声听起来无比悦耳……突然,他感到体内汇起一股热流,整个人顿时像一捆木柴一样向后摔去。是谁打的我?这个惊悚的念头在他的脑海里一闪而过。随即,他撞上一棵树,脊椎传来一阵剧痛。

他坐在地上喘着粗气,心里害怕极了,四处搜寻"鬼魂"的踪迹。咬鬃嘶鸣起来,深色皮肤的女人把手放在深栗色的马腹上轻轻安抚。她突然看见挂在马鞍两侧的脑袋,倒退几步,厌恶地呻吟道:"噢!恶心!"她是在驱散恶灵,还是召唤恶灵?

白皮肤的老人从地上捡起剑,双手笨拙地握着剑柄,勉强把它拿了起来。年轻男人站在他身边,两人一同望着胸前有道彩虹的那个女人,就像等待主人下令的奴隶一样。他看见她的右手握着一根魔杖。

"哇!"她抬头看着天空惊叹道,仿佛刚才无事发生,"这景象太美了!"

"我说对了吧?"黑皮肤的男人低声说。

又是一个女巫,没完没了的巫术真该死!不过,这个女巫跟坦崔姆不一样,看起来好似一阵从高山袭来的旋风,美丽却危险。虽然她跟其他人站在一起,但显得孑然独立。

他看着对方大步向自己走来,不自觉地挣扎起身。"不,不,别站起来。我是不是伤到你了?抱歉。"女巫一脸关切地说,挥舞着魔杖,"我的力场发电器——我是说,大气护盾——有一点受损。"她把魔杖放回外套口袋里,"谢谢你帮忙用那把又旧又大的剑修复它,但是能量晶格过段时间才会恢复正常。当然,我们也都需要时间恢复一下。你叫什么名字?"

"我叫……布勒达。"

她跪在他身边,像看待宝物一样用绿色的眼睛凝视着他。她将双手压在他的脸上,如同一位给病人疗伤的萨满巫师。这双手柔软、白皙,表明她从未劳作或者吃苦。"你的脸颊上有一处很大的伤口,怎么受的伤?"

"我是一名战士。"他耸了耸肩,"每一处伤口都歌颂着我的勇猛。"

"好吧,我喜欢你乐观的态度,布勒达。但不久后,这处伤口就要高歌'感染'了。虽然这是一首好歌,但还是不要'翻唱'为好。"她微微一笑,双眼却流露出警觉的神色,"我来帮你清理伤口。顺便,我们随意地聊一聊天空为什么在燃烧,好吗?"

"我不会理会罗马女巫的嘲弄。"

"我既不是女巫,也不是罗马人。"

"你看起来就像罗马人。"

"那你应该见见我之前的模样。"她咧开嘴笑着说,"我是博士。那边是莱恩、格兰姆和亚斯明——如果你打消杀她的念头,她也许会让你叫她亚兹。"她从口袋里取出一只小罐子,摘下盖子,"这个宝贝是人造智能胶原蛋白,能让身体的再生能力激增一千倍。从现在起再过三千年,你就可以在任意一家药店买到它!至少,土卫六上有的卖。"

"对!"莱恩——那个年轻男人——点了点头,"她就是在土卫六上买到的。"

"为了治疗格兰姆的皮疹。"亚兹故作夸张地补充道。

"你干吗说得这么吓人!"格兰姆反驳道,"每个人都可能起皮疹……"

"总之,这东西绝对不是罗马的。"博士用手指沾了一点儿药膏,抹在他的脸上,"我们都不是罗马人,至少目前不是。"布勒达感觉伤口先是微微刺痛,然后缓和了下来。

"我们之中有三个人来自不列颠。"格兰姆补充道。

"那你们为什么出现在高卢?为了向别人展示魔法吗?"他朝天空点了点头,"罗马人已经有自己的女巫了。"

"所以,你叫我女巫并不是出于迷信,而是出于经验观察。"博士把罐子放回口袋,"你相信这个世界上存在魔法,是因为你亲眼见过。"

"没错。如今,没有坦崔姆可打不了仗。"

"坦崔姆是什么?武器还是人?"

"她们是一群女巫,但现在没几个活着了。"

"罗马帝国使用魔法进行战斗?"格兰姆把剑插在地上,倚在剑身上说,"历史老师讲这部分内容的时候,我肯定逃课了。"

"我觉得这里发生的一切并不属于你们已知的历史,有什么地方很不对劲……"博士抽出另一根奇怪的魔杖,朝天空胡乱挥舞,如同萨满巫师在骨头堆前跳舞一般,"没错,我们头顶的能量带完全是外星文明,音速起子不喜欢它。"

难怪这些陌生人的皮肤看起来十分光滑——他们只会孩子气地胡言乱语,而不会勇敢地采取行动。博士虽然举止疯癫,但法力高强,她既能攻击他人,又能让他的伤口愈合。这时,他有了一个主意……

"欧洲大陆上游荡着很多不同的部落,但我从未听说过坦崔姆。"博士俯视着他,"你是哪族人,布勒达?东哥特人、勃艮第人,还是格皮德人?"

"我是匈人。"他骄傲地说。

"噢!好的!这儿离东亚大草原十分遥远,你来高卢干什么？观光吗？"

"我和族人来此发动战争。"他顿了顿,"罗马皇帝瓦伦提尼安三世冤枉了我们伟大的首领阿提拉,罗马人必须为此偿付土地和财宝。"

"等等！"格兰姆柔和苍白的脸上显露出恐惧的神色,"他刚才说的是……"

"阿提拉。"亚兹点了点头,瞪大了双眼,"博士,他说的是那个残暴的匈人阿提拉,对吗？"

# 3

亚兹强迫自己面对布勒达的凝视。尽管他面露微笑,但异域的脸庞还是显露出了冷酷傲慢的神色。他头戴一顶圆形皮帽,又长又厚的黑发沾着血迹——可能是他自己的血,但更可能是敌人的。他身穿结实的皮甲,披着一件饰有华丽花纹的兽皮大衣,上面有些破洞。布勒达虽然受了伤,看起来疲惫不堪,但全身仍然散发出让亚兹心神不宁的强者气息。他一直在权衡谋划,等待时机,眼珠转来转去。

那几颗脑袋如同项链的坠饰一般挂在马鞍两侧,亚兹尽量无视它们的存在。那些是什么?战利品吗?回家后向孩子们炫耀的东西?

"慌什么?"莱恩问,"匈人阿提拉是谁?"

"有史以来块头最壮、嗓门最大、毛发最密的野蛮人。"格兰姆总结道,"他总是骑在一匹大马上到处杀人。"

布勒达似乎被逗乐了,"不列颠人都是这么传的吗?"

"那是早年流传下来的夸张形象。"博士一边说,一边走向狭小空地的边缘。布勒达的马儿站在那里，身材敦实，四肢粗短，头大得简直可以把门撞破。"阿提拉是匈人部落的首领，他的帝国十分庞大，领土面积相当于今天的哈萨克斯坦。"她从小罐子里取出药膏，涂抹在满是皮屑的伤口上，"在他的带领下，他的族人征服、同化了所经之路的每一个人。"

"所有人都畏惧阿提拉。"布勒达面带笑意，"你们的女巫虽然措辞奇怪，但大意没错。"

"喂！我说过了，我不是女巫，也不是什么坦崔姆。我是博士。"

"你不仅拥有能够感知环境的水晶，而且一挥魔杖就把人扔下了马背！"

"呃，好吧。"莱恩耸了耸肩，"我们不列颠人都这么干。"

"我们只是旅客。"亚兹说。没错，她心想，"只是"这个词十分贴切。有时候，亚兹希望自己无论在哪儿都能身穿警服——戴着警帽，头发束在脑后，黑白相间的制服搭配显眼的夹克。在谢菲尔德执勤时，这身打扮让她感觉自己能干强大，既可以伸出援手，又有权进行干预。可是，在遥远的古代，她很难拥有除旅客以外的其他身份。亚兹渴求博士的那份自信，因为后者轻轻松松便能插手宇宙间的所有事务，仿佛生来如此。

博士给受伤的马儿涂完药膏，轻柔地拍了拍马背，"它叫什么名字？"

布勒达咕哝道:"咬鬃。"

"啊,真是个好名字。"博士严肃地说,"咬鬃看上去很警惕。它在留心谁的动静?朋友还是敌人?"见布勒达没有回答,博士转向了他,"我很高兴遇见你,还从你那儿了解到一些当地的情况。不过,像你这样的大人物为什么会落单呢?"

布勒达的脸上流露出无辜的神色,仿佛他的身份跟伤口处新生的皮肤一样清清白白,"我不明白你在说什么。"

"哦,得了吧!你根本不是普通士兵,而是一名有地位的将领。你以为我们没有注意到兽皮大衣上的华丽花纹,还有马鞍上镶嵌的金银纹饰吗?这些闪闪发光的点缀能让你在战场上更加醒目。"

亚兹接过话头继续猜测道:"你脸上的伤口很新,说明你正在躲避追捕。"

"小声点,女巫。"匈人缓缓起身,"我是一万骑兵的将领,首领的心腹。"

博士鞠躬致意,"发生什么事了?"

布勒达耸耸肩,"数周来,我们一直包围着奥尔良。就在成功之际,埃提乌斯领着一帮乌合之众攻了过来。"

"弗拉维斯·埃提乌斯[1]!"博士对同伴们说,"作为罗马护

---

1. 弗拉维斯·埃提乌斯(396—454),西罗马帝国末期主要的军事统帅。

国公,埃提乌斯在幕后支撑着年轻的皇帝,将罗马人团结在了一起。"

"哥特和阿兰的坦崔姆则在幕后支撑着埃提乌斯。"布勒达说。

"什么?"亚兹问。

"他刚才说的是阿兰吗?"莱恩问。

"阿兰是一个来自伊朗的部落,"博士说,"后来迁往了欧洲。"

"阿兰人是强大的战士。"布勒达补充道。

"你们听说过哥特人吧?"博士说。

"当然。他们经常聚在公交站台前喝廉价的苹果酒,看起来忧愁极了。"莱恩说。

"我以前跟一个哥特人约会过。"格兰姆回忆道。

亚兹用手肘捅了捅他,"这跟你得皮疹有关系吗?"

"够了!"布勒达眼神凌厉地扫了一眼,他们不禁安静下来,"你们口口声声说想学习当地的知识,却在我传授的时候闲聊!"

"对不起,"博士温柔地笑道,"请继续说。"

"如果没有坦崔姆的巫术,罗马人不可能在奥尔良得胜。尽管战斗失败,我手下的士兵仍然英勇作战,争取了足够的时间,让伟大的阿提拉带领大部队撤离了战场。"

"事到如今，"博士举起小罐子，"你手下的一万骑兵还剩多少人？我想尽可能地帮助他们。"

"大部分已经死了，"布勒达使劲抽了抽鼻子，又清了清嗓子，然后吐了口血痰，"剩下的不超过一千人。我带着所有还能行动的士兵，在夜色的掩护下撤退了。女巫恩卡洛随军提供保护，"他摇了摇头，"但她一无是处！后来，燃烧的天空暴露了我们的行踪，一支罗马军队以钳形攻势包围了所有人。"他耸了耸肩，"我们疲于战斗，也许有一百名士兵突出重围，逃进了树林里。"

"我很抱歉。"亚兹轻声说，"你藏在这里多久了？"

"我不知道，火光完全盖过了月色。"布勒达微笑着说，"我也不知道还有多少罗马人追进了树林，但想取走我的人头可没那么容易。"

"罗马人正在找你？"莱恩脸上的笑容消失了，"像猎犬一样搜捕你？"

格兰姆紧张地环顾四周，"所以是他们的女巫点燃了天空？为了让搜捕队看得更清楚？"

"等等！"博士指了指某个方向。咬鬃艰难地挪动身体，眼睛注视着空地的边缘。"好像有人过来了。"

"谁在那儿？"布勒达深沉的嗓音传入阴森的树林，"我是布勒达，一万骑兵的将领。我无所畏惧！"

笨蛋！亚兹心想，刚才你还告诉我们不要暴露你的身份。

这时，一个血人跌跌撞撞地闯入了空地。那个人呼吸急促，气竭声嘶，脸上血迹斑斑。一双敏锐的黑眼睛如同两枚鸡蛋卧在疤痕间，破损的大鼻子就像一把弯弓，直指裸露的大黄牙。编成辫的黑胡子上系着五颜六色的绑带，全都垂在精壮的胸膛前。

"大人，"他虚弱地说，"首领……"

"他是阿尔普，一位受了重伤的高贵将领。"布勒达迅速穿过空地赶了过去，但人还没到，他的族人便跪倒在地。

博士立即跟了上去，亚兹紧随其后。"他累坏了，需要喝水。"

"他需要喝酒。"布勒达蹲下来，从腰带上取下一只羊皮袋，将酸气扑鼻的液体倒入阿尔普的唇间，后者立刻被呛得咳嗽起来。"你为什么不寻找掩护，阿尔普？告诉你的将领布勒达。"

阿尔普环顾四周，眼神困惑，"你……抓了人质？"

布勒达回避了他的问题，"这些女巫想帮助我们。"

"女巫？"

阿尔普瑟缩着瞪大双眼，面露惧色。亚兹发现他祖露的胸膛上有颜色暗沉的伤口和凝血，不禁感到害怕。她看向博士说："可以给他涂点治愈药膏吗？"

"我觉得已经来不及了。"话虽这样说，博士还是从口袋里掏出了小罐子。

"不！"阿尔普喘着粗气，惊惧不已，"女巫不准碰我！"

"阿尔普，你这个蠢货！"布勒达对着羊皮袋喝了一大口，被酒辣得龇牙咧嘴，然后把羊皮袋随手一扔，"你为什么会在这里？我吩咐过你躲起来等着。"

"我得赶来通知你。"阿尔普盯着他，"罗马士兵已经离开了树林，还有……恩卡洛被杀了。"

布勒达仿佛被人迎面打了一拳，"被杀了？！"

"恩卡洛是你的女巫吗？"莱恩问。

"恩卡洛随军行动，为我们提供'保护'。"如果布勒达这个野蛮人知道打引号的手势，此时一定比画起来了。"现在，营地里除了女巫因克里，还有谁？"

"我很惊讶阿提拉竟然愿意把恩卡洛留给你。"博士审视着布勒达的脸，"他一定非常重视自己的将领。"

"他重视我甚过一切。"布勒达自夸道，"当时发生了什么，阿尔普？"

"她被罗马人拖走时没有反抗，被夺走生命时也没有尖叫。她只是哈哈大笑，然后一道巨大的闪光照亮了整片树林……"阿尔普突然感到呼吸急促，痛苦地扭曲起来。博士紧握他的双手，直到他平息下来。"那些士兵一边奔跑一边呼喊，说他们是时候离开树林了。"

*021*

"也许,罗马人搜捕的不是布勒达,而是可怜的恩卡洛。"格兰姆猜测道。

"有道理。"亚兹赞同道,"如果埃提乌斯也有自己的女巫,恩卡洛可能就是竞争对手。"

"干掉她,也就没有魔法保护了。"莱恩简洁地总结道。

突然,阿尔普一把抓住将领的胳膊,"恩卡洛的灵魂正等着带我走,但我不能死!你知道她是怎么说的:来世我们终将重逢……"

"等等!"博士的头歪向一侧,仿佛留意到了旁人听不见的声音,"你们感觉到了吗?有人听见吗,还是只有我听见了?我的后颈有种汗毛倒竖的感觉。"

"怎么了,头儿?"格兰姆问。

博士望向布勒达,"虽然罗马士兵已经走了,但我觉得他们没有放弃你。或者说,别的什么东西没有放弃你。"

现在,亚兹也感觉到了。她的皮肤传来轻微的刺痛,仿佛预感雷霆将至。她听见一阵有规律的沙沙声、东西抽打树枝的声音,还有男人的尖叫……声音由远及近,逐渐增大。受到惊吓的咬鬃抬起前腿,仓皇转弯。

"快点,我们必须返回塔迪斯。"博士弯下腰,用双手勾住阿尔普的腋下,"罗马人为了更高效地赶你们出来,给其他东西让路了。帮我搬一下这个匈人!"

莱恩抓住阿尔普的双脚，格兰姆跑去追回咬鬃，亚兹则强忍着布勒达的腥臭，扶他站起了身。

然后，一群乌鸦和渡鸦势不可当地飞出茂密的树林，俯冲进了空地。它们的黑眼睛闪烁着诡异的光，巨大的鸟喙冲人啄个不停。博士放下阿尔普，掏出力场发电器，但弯钩般的鸟喙把它啄落了。鸟儿无处不在，攻势凶猛。它们在亚兹身上扑扇翅膀，又啄又挠。她喘着粗气双手护头，战栗地跪倒在地。半空中黑压压一片"乌云"，可怕的鸦叫声在她耳边回荡。

# 4

莱恩胡乱向又啄又扑的鸦群挥打，目光所及之处都是层层叠叠的翅膀，其他人影一闪而过：博士和亚兹抱在一起；格兰姆在原地打转，拼命摆动双臂；阿尔普俯卧在地，被黑羽大军啃噬着，场面十分血腥；布勒达则缩成一团，看起来安然无恙。

一只乌鸦落在莱恩胸前，用尖锐的鸟喙敲击他的脖颈。紧接着，一只马蹄将鸟儿蹬了下去。咬鬃越过莱恩，将他身上覆盖的黑羽大军全都踢散了。鸦群对马儿兴味索然，转身对准了晃荡在马鞍两侧的恐怖人头。

莱恩模模糊糊地意识到，鸦群不是胡乱攻击，而是只针对人类。它们被人派遣而来，目标明确。

它们被施了魔法。

这个想法如同一道魔咒，剥夺了莱恩的理智。一群渡鸦飞了过来，有的撕扯着他的衣服，有的用弯曲锋利的鸟喙啄着他的脊背。莱恩猛地冲了出去，一路跌跌撞撞，希望逃离鸦群。他努力辨认脚下的路，东倒西歪地闯进了欧洲蕨中。他的双眼噙满泪水,几乎什么也看不清,但鸦群仍然一拥而上。他感觉身体越来越沉重,听见格兰姆的叫喊声越来越微弱。

然后,莱恩一头撞上某个坚硬的物体——可能是树干——面朝下摔倒在地。鸦群在身边盘旋,鸟喙啄进脖颈,他伸手保护自己,可鸟儿又转而攻击手背。他无法呼吸,四肢传来阵阵剧痛……

突然,一阵刺耳的嗡嗡声在莱恩的脑袋里激荡开来。他紧闭双眼,脑袋里传来真实的疼痛感。我受不了了,他想。不知过了多久,他的耳边传来其他动静——有人穿过黑羽大军的残骸走了过来。莱恩在那个人的帮助下站起身,擦了擦双眼。

格兰姆伤痕累累的苍白脸庞出现在眼前。"没事了,伙计。你身上有些挠伤和啄伤,但没什么大问题。"他关切地说。

"你跟着我过来的?"

"当然了!我还以为跟丢了。"格兰姆倚在布勒达的剑上,仿佛那是一根拐杖,"你的空间感绝对一流,跑起来跟身上插了翅膀似的。"

"我听见的噪音,"莱恩试着平复自己的呼吸,"是音速起子发出来的吗?"

"当然是。我猜,博士用音速起子干扰了好一阵子,才中断了女巫对那些鸟儿的控制。"

"女巫的魔法?"莱恩环顾四周,树林里闪烁着诡异的微光,"我们最好赶紧回去。"

格兰姆点了点头,同他一起转身。

"哦,我的老天爷!"莱恩说。

几米开外,一位老妇人正注视着他们,她的脸藏在枯树的阴影里,看起来很阴险。她穿着粗布衣裳,眯缝的双眼射出了金光。"你们是谁?"她的声音听起来十分沧桑,就像有两个人在同时说话——一个尖厉无力,另一个则异常低沉,"你们给我们的世界带来了什么?"

格兰姆艰难地咽了咽口水,瞥了莱恩一眼,"你们的世界?"

莱恩附和道:"据我所知,这也是我们的世界。"他转而低声对格兰姆说,"阿尔普说匈人的女巫已经死了,这个肯定是罗马人的。"

"对。"格兰姆赞同道,然后提高了音量,"呃,罗马万岁?"

"你们是谁?"老妇人重复道,全身散发出一股腐烂的气息,"坦崔姆必须知情。"

一匹狼从女巫身后冒了出来,接着,另外两匹也现身了。她伸出爪子般的手指,三头猛兽立刻咆哮起来。

格兰姆和莱恩在沉默中迅速交换了一个眼神,点了点头,然后一起转身飞奔起来。

博士的一只胳膊如潜望镜一般傲然直立，手中紧紧攥着音速起子。嘈杂的鸦叫声淹没了起子的嗡嗡声，战栗的鸦群纷纷跌落在地。

亚兹忍受着耳鸣和伤口的刺痛，艰难地走向博士，"鸦群怎么会发动群体性攻击？"

"不知道，如果是兀鹫还情有可原……"她双手撑地站起身，把头发从脸上吹开，"不好意思，刚才的噪音有些可怕。"她悲伤地扫视着地面，"这是一场对乌鸦和渡鸦的残忍谋杀。"

亚兹看见堆在空地上的黑色鸟儿，心头一凉，"是音速起子杀了它们吗？"

"不是。"博士轻抚一只鸟儿的尸体，悲伤地说，"它们是在中断控制时死去的。"她把鸟儿放回地面，"或者……它们早就死了？"

"僵尸鸦群？"亚兹说，眉头紧锁。

"你们能安静点吗？"布勒达搂着阿尔普，轻抚垂在一侧的血淋淋的脑袋，"阿尔普没有心跳了。他死了。"

"我很抱歉。"博士凑了上去，"他失血过多，已经相当虚弱，结果又遭受了一场攻击——"

"阿尔普一点也不虚弱！"布勒达怒吼道，"杀死他的不是战争，而是坦崔姆的魔法。"他顿了顿，手指拂过阿尔普脸颊上的一处淤青，"与此同时，你的魔法却救了我。"

"那是科学，不是魔法。"

"你还会其他魔法吗？"他站起了身，"能帮助匈人吗？"

"老实说，我现在更想帮助自己的同伴。"博士把手拢在嘴边，"莱恩？格兰姆？"

"他们去哪儿了？"亚兹心里一阵恐慌，"我的眼前只有乌鸦……"

"力场发电器也不见了。"博士说，"可能被格兰姆或者莱恩捡走了。"

咬鬃卧在地上，浑身颤抖，但毫发无损。博士蹲下来安抚它，轻轻摸着马腹。

"是不是一根半透明圆柱，上面缠绕着细线？"布勒达问。

"差不多！"博士一跃而起，"你找到了吗？"

"找到了。"布勒达举起力场发电器，将顶端指向博士和亚兹，幸灾乐祸地说，"我拥有你的魔法了，女巫。"

## 5

格兰姆用胳膊搂住莱恩,领着他徒步在树林间穿行。一路上,他们汗流浃背,气喘吁吁。值得庆幸的是,天空中炫目的火光照亮了林间的道路,还阻止他们径直闯入尸体堆里。

格兰姆刹住脚步,莱恩差点儿摔倒。"哦,天哪……"

地上的尸体看起来像是匈人士兵,打扮近似布勒达和阿尔普,脸上的淤青和肿块还是新的。

"鸦群杀光了所有人。"莱恩说,"你看。"

格兰姆看见乌鸦的尸体躺在士兵的残骸之间,其中一只的灰色巨喙甚至还埋在匈人的气管里。"我们本可能变成这样。"他低语道,一只手摸索着脸颊上的伤口。

这时,他们听见身后传来熟悉的号叫声。格兰姆和莱恩转过身,发现嘶吼的野兽正用金色的眼睛观察他们。狼群本可以轻易扑上来,却只是悄悄跟在后面,仿佛被人下了命令。

格兰姆闻到一丝甜腻、腐烂的气息,重新望向林间的尸体堆。然后,他和莱恩倒吸一口凉气,紧紧地抱在了一起。

不知怎的,坦崔姆赶在了他们前面,如同一道死亡幻影在尸体上方盘旋。此刻,在燃烧的天空下,她的样貌一览无余:

白发乱糟糟地裹在脑袋四周,沟壑纵横的皮肤像蛆虫一样白,面容则似人非人:鼻子是张着两个大孔的肿块,嘴角歪向一侧,颧骨挂在凹陷的眼窝下。她紧盯着格兰姆,虹膜呈暗淡的黄色,各有三个瞳仁的两眼滴溜溜地乱转,下眼睑的睫毛形似蛲虫。

女巫缓缓指向那堆尸体,"我给你们留了位置。"

亚兹一动不动地站在布勒达身边,回想起他被力场发电器击飞的景象。当时,力场发电器在博士的手里,她知道该如何使用它,可现在……

"你不懂如何使用它,布勒达。"博士把音速起子收进外套口袋,缓缓穿过空地,"你最好放下力场发电器。它的电路有条裂缝,会在不经意间积攒能量。"

"你最好闭嘴,女巫!"布勒达狞笑道,"我要学会你对我使的那招。"

"博士!"亚兹注意到,她左侧的树林边缘亮起一道金光,一个模糊扭曲的幻影冒出了地面。"博士,那是什么?"

布勒达一边扭头看,一边举起了力场发电器。刹那间,那根半透明圆柱发出刺眼的光芒。

博士立刻奔向塔迪斯寻求掩护,"亚兹,趴下!"

一道次声波把亚兹掀翻在地,压出了她肺里的空气,让她直不起腰来。一条隐形能量带从布勒达手中的力场发电器中脱出,立刻在四周肆虐起来。树叶和灌木被刮上半空,如同随龙卷风飞舞的蒲公英冠毛。

亚兹平躺在布勒达身边喘着粗气,努力让自己保持清醒。方圆二十米内尽是弯折的枯木,但她身处的这一小片区域免受波及。那个幻影消失了,塔迪斯被掀倒了,阿尔普扭曲的尸体在几米开外,而博士……

哪儿都没有博士的身影。

布勒达毫发无损地站起身,盯着手中发黑开裂的圆柱。"这是何等威力的魔法啊。"他轻声说。

"你做了什么?"亚兹仰视着布勒达,"博士在哪儿?"

"我在这儿!我没事!"博士从塔迪斯后面一跃而起,摇摇晃晃地站在原地,脸上挂着恍惚的笑容,"别担心,我及时躲起来了。我很好!好极了!"

话音刚落,她就面朝下倒在了地上。

格兰姆神志扭曲,耳后传来一阵阵压迫感。他仿佛被盘旋的女巫用灼热的眼神扰乱了心智,眼前的世界分崩离析。

大地猛地颤抖起来,给长时间的不适画上了休止符。一股白色的能量风暴席卷而来,格兰姆和莱恩朝前方飞了出去。

坦崔姆佝偻的身躯突然向后弯折,一道金光从她那忽然裂开的身体里射了出来,如同耀眼的信号灯一般打在云端,四散开来。格兰姆闭上了双眼。

等他再次睁眼时,那个女巫和那场灯光秀都消失了。光线逐渐暗淡下来,黑夜重新笼罩树林,一轮新月悬在空中。

格兰姆并没有因为突如其来的平静而松一口气,黑暗无非是用来掩饰亮光下的恐怖景象。等双眼适应周围的环境后,他才发现女巫真的离开了,还留下三匹狼的尸体和匈人散落的残骸。

"一点儿也不吓人。"莱恩直起身,皱起眉头,"天哪,那些乌鸦下嘴真狠。"

格兰姆检查了一下莱恩的脸,"你很走运,脸上只有一点擦伤和抓伤,没什么大问题。"

就在此刻,他们听见树林里传来巨大的声响,顿时吓得呆若木鸡。

"所有人都离开这里!"一个男人恐惧地大喊道,嗓音沙哑,"阿提拉的小崽子们不值得我们冒险。女巫奎拉消失了,这片树林里肯定还有其他闲荡的女巫。全都离开,快点!"

"那些肯定是罗马士兵,"莱恩说,"他们挡在了我们和塔迪斯之间。"

"我们得绕远路回去了。"格兰姆说。

"路上还得当心,别被这片倒霉的树林里的其他东西杀死。"

"好主意。"

"谢谢。"

"毕竟,你以前出过不少馊主意……"

他们笨拙地弯下腰,绕着树林的边缘快速行进。

一名亡故的匈人士兵扭动着了无生气的脖颈,缓缓抬起了无生气的头颅,用一双了无生气的眼睛注视着他们离开。

# 6

难道是我变老了吗?博士心想。

换作以前,即便离得很近,走火的力场发电器最多在她身上留下几处淤青,或者让她肚子疼。但此时此刻……

博士没有陷入寻常的无意识状态。黑暗从地面漫出来,包裹在她的周围,仿佛拥有自我意识一般。力场冲击波不断带走黑暗,就像水龙头的流水冲洗渗血的伤口一样。尽管如此,黑暗还是如同鲜血一般渗了出来。

黑暗中闪烁着金色的斑点。博士仿佛感到无数的牙齿在啃噬自己,针状的舌头刺进了伤口,数亿个亚原子大小的玩意儿想涌进身体。支离破碎的空地上聚集起无形的光芒,照在烧焦的土地、枯死的树根以及无数只早已腐烂的昆虫上。

光芒逐渐增强,把博士给迷住了。我必须醒过来,博士心想,我真的该醒了。

亚兹被捆在一辆双轮马车上,她的一侧是阿尔普的尸体,另一侧则是熟睡的博士。马车一路颠簸,仿佛行驶在世间最坎坷不平的道路上。亚兹十分担忧伙伴的安危,琢磨着这个痛苦的夜晚什么时候才能到头。

格兰姆和莱恩在哪儿?往好的方面想,他们也许被其他匈人抓去了布勒达的营地,大家最终能够重逢。刚才瞥见的邪恶幻影渐渐在她的脑海中占据上风,苍老扭曲的形象和愤怒阴险的气场挥之不去。

不知为何,她觉得那个幻影只是暂时离开,自己将再次见到它。

亚兹低头看见博士在睡梦中微笑,对现实浑然不觉。她苦涩地想,如果我也像这样该多好。

在此之前,布勒达在荒芜的空地上熟练地夺取了控制权。他先是偷走音速起子,然后用弯曲的匕首抵着博士的肋骨,威胁亚兹听从自己的指挥。她不得不听话地牵着咬鬃的缰绳,在残败的树林间穿行。布勒达跟在她身边,肩上扛着熟睡的博士,背上横挂着阿尔普的尸体。

半路上,他们捡到一辆侧翻的马车,受惊的马儿还套在车前,驾车之人早已逃走,不知是遭受了猛兽袭击还是力场发电器的冲击波。马车扶正后,布勒达用阿尔普身上的皮带捆住亚兹的手腕,将她和不省人事的同伴扔上了马车。两匹马在前面拉车,布勒达骑在其中一匹的背上,咬鬃则跟在一旁。阿提拉麾下的匈人将泥路踏得稀烂,布勒达便一路追寻着他们的踪迹。马车左右摇晃,嘎吱作响,亚兹被甩来甩去,弄得全身伤痕累累。布勒达笑容满面,时不时回头瞅几眼,如同一名满载而归的猎人。

虽然布勒达是一个可怕的疯子,但他的判断相当准确。马车经过的区域已经没有罗马人活动的迹象——他们很可能被冲击波吓得缩回了营地——夜空中的火光也消失了。所以,追捕匈人的行动暂时告一段落。

布勒达吹了一声尖锐的口哨,马儿全都停下来,缓缓转向左侧的灌木丛。咬鬃和另外两匹马享用着丰富的草料,身上的马具绷得死死的。布勒达的饭点好像也到了。他从马鞍下取出一个满是虫蛀、颜色发灰的东西,把它塞进了嘴里。

亚兹盯着他,"你刚才吃了什么?"

"肉。"

"你把肉放在马背和马鞍之间?"

"你要吃吗?"

"不要,谢谢。"

他嘲弄道:"你可以为我们施法变出一桌盛宴。"

"可惜我不行,"亚兹逐渐失去耐心,"因为我不会魔法。力场发电器只是一件出了故障的工具,当我们在——"

"亚兹,"布勒达若有所思地说,"你是一个非常无趣的女巫。开心些,学学你的博士。你看,她在笑!她能用法力非凡的魔杖摧毁树林，比坦崔姆厉害。"

"我再说最后一次，那不是魔法而是科学！"

"管他呢！"他耸了耸宽厚的肩，"抄书吏才需要了解两者的区别。"

亚兹疲惫地摇了摇头，"如果抄书吏知道区别的话，可以让我们见见他吗？"

"不可以。"布勒达吞下一口肉，露出狡黠的笑容，"不过，我可以把你们引荐给伟大的阿提拉。"

对亚兹来说，匈人如外星生命般可怖，如梦魇般可怕，他们势不可当，将理性和文明践踏在臭烘烘的脚下。她一想到自己会被数千名像布勒达一样的战士包围，隐隐作痛的手掌心便冒出了冷汗。

"给。"布勒达又从马鞍下取出一块发灰的软骨，递到亚兹嘴边，"哪怕是无趣的女巫，也该吃点东西。"

亚兹正准备呵斥他一顿，却被博士打断了。原本恬静微笑的博士忽然一声尖叫，陡然坐直，呼吸急促。

"博士！"亚兹本打算搂住她，但手腕仍被紧紧地捆在一起，"放松，博士，没事了……"

"不！"博士仿佛受了创伤，瞪大的双眼闪着泪光，"不，我觉得这样不对。不，真的不对。"接着，她茫然地四下张望，试着挣开别在身后的双手，"哦，布勒达把我们绑起来了？"

布勒达望向博士，眼神锐利，"你们现在属于匈人了。"

"我的音速起子呢？"

"你的魔杖也属于匈人了。"

"哦，不错，还算有个好归宿。"

布勒达朝马儿吹了一声口哨，便继续上路了。博士做了几个深呼吸，然后问他："格兰姆和莱恩呢？他们也被匈人抓了吗？"

"乌鸦和渡鸦把你的奴隶赶进树林了，你还记得吗？"

"他们不是奴隶，是我们的朋友。"亚兹反驳道，然后对博士说，"布勒达不让我回去找他们。"她和博士背靠背坐在马车上。

"如果找回了他俩，就成了你们四个对抗我一个！"布勒达讥讽道，"别担心，女巫。如果你们忠诚地侍奉阿提拉，他会赏赐更好的奴隶。"

亚兹摇了摇头，"他觉得我们是女巫——你法力无边，而我会一点魔法。"

"你当然会魔法了，毕竟你常伴我身边。"博士笑着说，"对不对？"

亚兹挤出了一副笑脸。

"眼下并非只有坏事。"博士严肃起来，"但愿格兰姆和莱恩能回到塔迪斯里，那儿能保障他们的安全。"她低头看着阿尔普的尸体，"这是一个危险的世界。"

"你刚才梦到什么了，博士？"亚兹问，"你失去意识好一会儿了，却一直在……微笑。"

"是吗？"博士露出略微令人不安的傻笑，"就像这样？"

"不，比较恬静。"

"恬静？可我一直在做噩梦。有个东西希望我留在那片空地上，直到它准备好……"她微微蹙眉，"不，应该是直到我准备好。"

亚兹皱起了眉头，"准备好做什么？"

"不知道。话说回来，我快饿死了。"

"吃点东西吧，博士！"布勒达从马鞍下掏出一块发灰的肉，递给了身后的博士。她身体前倾，用牙齿咬住了食物。

亚兹难以置信地说："你不会真的……"

"味道还行！"博士咀嚼了一会儿，舔了舔嘴唇，"这个办法很实用，马的身体能够保温，马鞍的压力能让肉质变软，而盐渍不会让食物变质。"马车飞快前进，博士低头看着阿尔普的尸体，"盐不仅能排除组织细胞中的水分，而且能杀死损坏肉质的真菌和细菌。只要使用足量的盐，用密封性良好的储物罐存放，肉就可以保存数月，甚至数年。"

"但口感会变得很恶心。"亚兹说。

"盐还有其他妙用。"博士没有移开目光，"比如，消灭花园里的鼻涕虫。"

"我讨厌鼻涕虫。"亚兹瞪着她,"博士,你究竟想说什么?"

就在此时,阿尔普猛吸一口气,睁开了呆滞的双眼。亚兹惊声尖叫起来,吓了布勒达一跳。他回过头,因为眼前的景象而瞪大了双眼。阿尔普张着干涸发黑的嘴巴,笔直地坐在马车上,他的手臂不断抽搐,双手反复握拳又松开。

"他活过来了。"布勒达低声说,"是你干的吗,博士?"

博士摇了摇头。她看起来并不害怕,而是陷入了思索,"我随便一说……如果有一群来自远方的外星生物熟练掌握了盐渍法,你觉得他们分得清人和鼻涕虫吗?"

# 7

长夜漫漫,前路艰辛,林间小道似乎永无止境。莱恩虽然疲于跟随格兰姆在树林中穿行,但明白他们得保持谨慎。无论遇上匈人还是罗马人,对方都会欣然视他们为击剑训练的活靶子,而撞见女巫更不在莱恩的临终遗愿之列。

不过,莱恩认为他们彻底迷路了。

罗马人跟匈人发生流血冲突后,占据了树林一侧安营扎寨。格兰姆和莱恩想绕开这里,却被一条河拦了下来。河水如同磁铁一般,吸引着或饥渴或受伤的虚弱士兵和他们的坐骑。总而言之,别喝河里的水,离得越远越好。黑暗中,他们走走停停,不得不绕了几次远路。莱恩不确定他们是否在靠近塔迪斯、亚兹和博士身处的那片空地。

"她们会等我们的。"格兰姆说,仿佛读懂了莱恩的心思。

莱恩停下脚步,重重地倚在树干上,"对,她们会冒着危险等我们的。都怪我,我不应该逃跑。"

"可你也不应该成为一群嗜血狂鸟的'松果'。"

莱恩看了一眼手机,这已经是第十次了。屏幕显示着真实世界的谢菲尔德时间:12点03分。一千五百年前的高卢竟然不在手机的预设时区之内,莱恩笑着想。

"说实话,你看了多少次手机了?"

"我在看时间。"

"现在几点了?高卢时间上午10点05分?"

"呵呵。我只想看看咱们走了多久了。"莱恩叹了口气,收起手机,"快四个小时了。"

"咱们快走吧,注意脚下的路,这里的坡很陡,地面也坑坑洼洼的。"

"那你们最好待在原地,站着别动。"一个浑厚的声音从他们身后响起,吓得两人立刻转了过去。

两个不祥的人影骑在墨黑色的马背上,身穿铠甲,戴着头盔,腰间别着一柄剑和一支短矛。从外貌上看,他们更像是中世纪的骑士,而非罗马骑兵。坐骑套着马鞯,锁子甲从马鞍上垂了下来。其中一名骑士勒着缰绳向前跨出几步。

"投降吧。"那个浑厚的声音说,"你们已经成为迷烟军团的囚徒。"

"迷烟军团,"格兰姆重复道,"这名字听起来一点也不奇怪。"

我们可没变成囚徒,莱恩心想。他握着手机,大拇指在屏幕上滑动。"做好准备。"他对格兰姆低声说。

"举起你们的双手。"骑士命令道。

"好的。"莱恩假装应着,偷偷用大拇指点了点屏幕。没错,打开手电筒功能一定能吓跑迷烟军团。

手机的灯光亮得刺眼,那两头坐骑连连后退,骑士也抬手遮住自己的眼睛。他们一定被吓坏了!莱恩兴奋地想。

"维特斯,他们的对话盒子会发光!"领头的骑士喊道,"抓住他们!"

"快跑!"格兰姆一把抓住莱恩的胳膊,拖着他跑了起来。莱恩举着手机,希望灯光让对方睁不开眼。但他瞬间意识到,灯光同样也暴露了自己的行踪。马蹄声逐渐逼近,莱恩一边跟跟跄跄地逃跑,一边试着关掉手电筒功能,但光亮与黑暗的强烈对比让他难以维持平衡。

莱恩的左脚在坑坑洼洼的地面上扭了一下,整个人在陡峭山坡的边缘摔了个跟头。他先是肩膀着地,然后顺着松散的泥土和沙石滚下了山坡。他从坡脚滚进灌木丛,上气不接下气,心脏怦怦直跳,侧耳倾听追兵的动静。

"不要轻举妄动,"他叮嘱自己,"格兰姆发现我不见了一定会回来找我,然后我们就能继续上路了。"

月亮从旋涡般的云层中探出头来。莱恩借着月光,看见一个身披铠甲的人影骑在马上，顺着山坡朝自己俯冲过来。

"莱恩？"格兰姆在树林间慌乱地搜寻着，感到头晕目眩。我把人弄丢了，他心想，现在离莱恩出生还有一千多年。"莱恩，你在哪儿？"

除了身后的马蹄声和树枝断裂的声音，格兰姆什么也没听到。他的胸口和双腿都很疼，嘴巴也很干。格兰姆心想，如果把那个叫维特斯的家伙引进茂密的灌木丛，他就不得不下马了，而且他穿着铠甲，肯定没我跑得快……然后我得赶紧找到莱恩。

格兰姆躲到道路右前方的一簇树枝下面，却发现后面是一块烧焦的空地。空地中央有一个火堆——也许是为了防御——周围躺着四具尸体，衣着打扮跟阿尔普很相似。

就在此时，匈人的尸体开始在格兰姆的眼皮子底下抽搐、扭动。

他的眼前呈现出一幅梦魇般的场景：尸体的四肢像枯枝一样嘎吱作响，逐渐撑起了身子和折断的脖颈；黏稠的不明液体从伤口里流出来，如同融化的塑料；血淋淋的脸上睁着浑浊呆滞的双眼，畸形的眼睑僵硬地眨动，瞳孔变得越来越黑。

格兰姆吓坏了，赶紧转身原路返回，正好撞上蹿出灌木丛的维特斯。

"跑也没用！"骑士告诉他，"你还能去哪儿？"

只要不待在这里，去哪儿都行，格兰姆心想，现在真是进退两难！他回过头，惊恐地看着直起身体的匈人僵尸，后者一看见骑士，马上拔出了剑。

维特斯紧张地拉住缰绳，转向格兰姆，"这是你的盟友？"格兰姆能猜到他的头盔下面是什么表情。

"我从没见过他们。"格兰姆迅速答道。

其中一个匈人缓缓开口："万物入洞穴……"

"归于大洞穴。"又一个匈人接着说。

另外两个匈人也用诡异的咒文吟唱起来："万物入洞穴……大洞穴……"

格兰姆注意到，离自己最近的那个匈人身上有一个肮脏的大洞，惨白的不明液体从伤口里渗出来，生成粗糙的补丁封住了伤口。与此同时，烧伤的脸庞也长出了新的皮肤。

"你们到底是什么生物？"维特斯质问道，拿出气势跟他们对峙，"我不相信你们是死后回来侵扰世间的亡灵。"

不过，格兰姆对此持保留意见。他本打算建议维特斯和自己一起逃命，却发现匈人只盯着眼前的罗马人。他们挥动蒙着炭灰的剑冲向维特斯，嘴里仍反复叨着："万物归于洞穴……大洞穴容纳我们……"

维特斯跳下马，举剑威慑。尽管匈人时而扭动抽搐，但他们并不是笨拙愚蠢的僵尸。相反，他们战斗进退有度，进攻速度惊人。格兰姆不禁联想到了哈里豪森[1]制作的定格动画中的恐怖怪物。他们的攻击使维特斯连连后退，喃喃低语被剑锋清脆的撞击声掩盖了。

"我们还是逃命吧！"格兰姆朝维特斯喊道。他从梦魇般的战斗场景中移开视线，立刻飞奔起来。

---

1. 雷·哈里豪森（1920—2013），美国电影界特效先驱、定格动画大师。

# 8

这簇欧洲蕨几乎遮不住莱恩的身体。借着微弱的月光，他看见骑士在坡脚勒住马儿，敏捷地落在了地上。

"我看见你了。"头盔下面传出一个尖厉的声音。

可是，莱恩仍然一动不动。这家伙可能在虚张声势，他想。

"我看见你了，你躲在灌木丛后面。"听起来，那声音的主人被逗乐了，"出来见我。"

好吧，莱恩心想，这家伙没有虚张声势，是时候豁出去了。他一边缓缓起身，一边打开手机，点进了"战斗世界"。上次玩游戏时，他选择的角色是斯巴达步兵。骇人的虚拟形象浮现在屏幕上，一只手挥舞着厚重、弯曲的铁剑，另一只手举着刻有图案的圆形盾牌。莱恩做了一个深呼吸，走出灌木丛，朝可怖的人影举起手机。骑士后退几步，举起了剑。

"看见了吗？"莱恩把手机伸过去，"这是一间……魔法监狱，里面关满了魔法士兵！他们将为我战斗。"

"那是一名斯巴达步兵吗？真有趣。"骑士歪着脑袋，凝视着屏幕,"多么栩栩如生啊,跟我见识过的任何魔法都不同。"

"相信我,你不会想见识这个的。"莱恩说,"我的战友也会魔法,你的同伴碰上他可就惨了。"

"你可以再发一次光吗?"

"可以,但我拒绝这么做。为了你的安全着想,如果再来一次,亮光会对你的眼睛造成实质性损伤。现在,快离开吧!否则我就把这个家伙放出来揍你。"

骑士挺直了身体,"很好,让他出来吧。"

"呃……"

"请吧。我想看看,一个魁梧的士兵如何从狭窄的空间里走出来。也许,魔法监狱的里面比外面大。"

莱恩清了清嗓子,"这样做可就太蠢了。"

"就像潘多拉的罐子打开后,恶魔都飞进人间一样吗?"

"罐子?不是盒子吗?"

"就是罐子,所有人都知道这一点。"骑士交叠双臂,"来吧,把你的斯巴达步兵放出来。"

莱恩不自在地扭动身体,"我……再给你一次逃跑的机会。"

"你做不到,是不是?"那个声音升高了音调,变得轻快起来,听起来还有些失望,"所以那到底是什么设备?维特斯觉得它可能是一只对话盒子,但它不仅会发光,而且还有逼真的斯巴达人。"见莱恩保持沉默，骑士叹了口气，"你知道它的工作原理吗？它是从天上掉下来，然后被你捡到的吗？"

"我……我不知道你在说什么。"

"哦，少来了！"骑士取下头盔，露出一张女人的脸。她二十五岁左右，一头黑发，长着灰色的大眼睛，颧骨瘦削得可以刮胡子。"你瞧，我们都在糊弄对方，不如大家坦诚相待？"

"好吧。"莱恩缓缓放下手机，"你是谁？"

"我叫莉希尼亚·波斯图马。你呢？"

"莱恩·辛克莱。"

"真是个怪名字。"

"至少，我没有假扮成男人。"

"我为什么不能假扮成男人？世界上绝大多数事物都表里不一。"莉希尼亚收起剑，"事实上，这么做还有利于审讯。我把囚犯关起来，然后摇身一变成为隔壁牢房的小莉希尼亚。"她叹着气说，"面对一同被关押的女囚犯，人们似乎更坦诚，倾诉欲也更强。"

"迷烟军团里的女人应该不多吧？"莱恩意识到莉希尼亚没有回答这个问题，也许她不想过于坦诚，"维特斯也是女人吗？"

"他是男人。"莉希尼亚严肃地望着他的眼睛，"你是什么人呢，莱恩？我现在能看清你了，你不是匈人。"

"你怎么知道？"

"战斗民族以伤疤为傲，对于匈人而言，脸上的伤疤越多就代表相貌越英俊。所以，匈人面对战斗往往不会退缩。"莉希尼亚耸了耸肩，"你的脸上只有一些擦伤，说明你要么是受到保护的王子，要么是有史以来最丑陋的匈人。"

"哦，"莱恩眨了眨眼，"行吧。"

"可我不觉得你长得丑。我认为你来自一个遥远的奇异国度，"她顿了顿，露出微笑，"而且很帅。"

"呃，其实……"

"怎么了？"

"我来自不列颠。"

"看来，不列颠人的打扮都很奇怪。"

"可能吧。"莱恩低头看了看牛仔裤和连帽卫衣，腼腆地笑着说，"你好像对这一切都很冷静。"

"我思想开明，而且乐于查证。"她说。

莱恩沮丧地看着自己的手机，"我本以为这个能让你大吃一惊。"

"这又不是一件武器。它到底是用来干什么的？"

"维特斯说得对，它是一只对话盒子。"

莉希尼亚突然迸发出孩童般的喜悦，"就像我的一样？"她拿出一小块金属举至耳边，它看起来比莱恩的手机小一点。"维特斯，你能听见我说话吗？"金属块发出蓝光，她朝莱恩挥了挥，"它会发光！就像你的一样。"

莱恩微笑着说："我的更亮。"

莉希尼亚继续对着通信器说话："维特斯？"对方没有回应。

"出事了？"

"对话盒子是在几世纪以前从奇怪的废墟里挖出来的，有时候会出故障。"她看着莱恩，"希望你的战友没有伤害维特斯。"

莱恩说："我们更应该担心匈人、狼群和坦崔姆……"

"什么？！"莉希尼亚的脸立刻沉了下来，"你对坦崔姆了解多少？"

"罗马士兵杀死了一个匈人女巫，好像叫恩卡洛。"

"杀了她？！"莉希尼亚激动得跳了起来，就像一只听见"该遛狗了"而猛地竖起耳朵的狗，身上的铠甲嘎吱作响，"怎么杀死的？发生了什么？"

"我不知道具体情况。"

"那罗马人的女巫奎拉呢？你看见她了吗？维特斯和我原本是出来找她的。"

"我看见一个女巫在亮光中爆炸了——"

"你确定那个坦崔姆死了？"她一把揪住他的领口，"发生了什么？"

莱恩试着挣开她的手，"一道亮光过后，她就消失了。"

"那道亮光有没有对周围的环境造成破坏？留下什么痕迹了吗，比如排出物？"

"呕！"

"有吗？"

"不知道，我没留在那儿观察！"

莉希尼亚失望地叹息道："好吧。我们来一场全面审讯，先说出你知道的一切。"

莱恩皱起了眉头，"什么？"

"打个比方而已。我们现在容易暴露，来吧，我带你去仓库。"

"仓库？"

"迷烟军团在本地的基地。"她拍了拍马背，然后将双手环成一个马镫，"快上马！"

"呃，我做不到。"莱恩迅速回答道，"我会掉下来的。"

"那就当心点儿。"

"你不明白，我的平衡感很差。"他停下来，舔了舔嘴唇，回想起医嘱，"理想和现实之间是有差距的。"

莉希尼亚扬起一边的眉毛，"如果男人都像你一样诚实，我就不会那么失望了。"她笑着说，"我不会让你骑雷杜莎的，你只需要坐在上面，我把你牵过去。维特斯应该也会把你的战友格兰姆带过去。"

莱恩感到雀跃不已。也许我能做到？他乐观地想。他全神贯注，笨拙地踩在莉希尼亚双手环成的马镫上，试了三次终于上马了。

"好了。"他拼命攀在宽厚的马背上，咬紧牙关，"还等什么？"

"等你戴上这个。"莉希尼亚举起黑色的小麻布袋，"对不起，但迷烟军团不能泄露行踪。"

莱恩叹了口气，乐观的情绪顿时烟消云散，"迷烟军团到底是什么？"

"人员不足，资金不足，解释不足。幸好我们离仓库不远，你马上就能见到了。"她不好意思地笑着说，"好了，等到那儿你就知道了。"说完，她用麻布袋罩住了莱恩的头。

## 9

"我们快到了吗?"亚兹问,语气就像一个因为长时间坐车而感到无聊的青少年。不过,她觉得自己更像一个在掩护下瑟瑟发抖的小孩。

自从阿尔普死而复生之后,这趟漫无止境的马车之旅变得越来越糟糕,越来越诡异。博士让布勒达解开她的双手,以便检查阿尔普的身体,但后者拒绝了她的提议。于是,博士不得不在黑黢黢的夜晚用其他办法进行检查。她摆出了各种高难度的动作,一会儿将耳朵贴在阿尔普胸前听他的心跳,一会儿测试膝跳反射。阿尔普笔直地坐在马车上,唇间喃喃自语,伤痕累累的大手支撑着身体。

"我说,我们快到了吗?"亚兹又问了一遍。

"我们快到平原了,匈人的营地就驻扎在那里。"布勒达似乎很疲惫,"阿尔普,我们快到营地了,你醒着吗?"

阿尔普十分清醒,双眼一眨不眨。他一边四下扫视,一边嘟囔着"大洞"之类的词语。

"营地有火光，"博士坐直身子，把脖子拉伸得咔嗒作响，"不知道都有谁在家？"

"阿尔普很强壮。"布勒达没有理睬博士，"我以为他死了，其实他只是睡得很沉。"

"比你想象得还要沉。"博士贴着亚兹的耳朵说，"他根本没有心跳和脉搏。"

"所以是谁把他变成这样的？"亚兹问，"坦崔姆？"

"我猜是的，这些都是魔法的一部分。毕竟，拥有永不死亡的士兵是所有将领的梦想。"她压低嗓音，"阿尔普对任何刺激都没有反应，哪怕我用他的匕首刺他大腿也一声不吭。"

亚兹扬起了眉毛，"你拿到了他的匕首？"话音未落，她就感觉手腕处传来一阵刀刃抵在皮带上的力道。

博士咧嘴一笑，用口型告诉她别动。亚兹看向阿尔普，担心他会阻止她们或者提醒布勒达。不过，他正看向别处，目光越过竖在泥泞道路两侧的树桩，落在了夜色中。

"我们得转移车夫的注意力。"博士说完便抬高了音量，"布勒达，跟我们说说阿提拉吧。我认为你非常了解他。"

布勒达回头看了看她们，笑容冰冷，态度傲慢，"我一生都跟随着他。"

"告诉我，为什么你的族人都愿意跟随他？"

"因为阿提拉是不可战胜的。"

"我一向不喜欢'不可战胜'这个词。听起来很自大，不是吗？"博士对他的回答嗤之以鼻，"'不可战胜'的反义词是'可战胜的'，但现在谁还会用后者？换个角度想，'不可战胜'打赢了'可战胜的'，因此留了下来，就像是词汇界的姓名决定论[1]。"

布勒达嗤笑道："你是一个很烦人的女巫。"

"可能吧！"博士突然皱眉道，"不过，阿提拉已经统领了许多民族，让他们像匈人一样战斗。既然如此，他还需要坦崔姆的相助，不就意味着自己是可战胜的吗？"

"阿提拉只是允许她们侍奉左右。坦崔姆之间发生战争，从而分裂出不同的部落。每个部落都会前往不同的领土，用自己的魔法交换统治者的庇护。多年前，坦崔姆中最聪明、最年长的女巫因克雷主动找到了阿提拉的父亲，声称阿提拉注定征服万物，因此，她和妹妹恩卡洛发誓让匈人强于其他民族，让我们——"

"不可战胜？"博士点了点头，"估计其他坦崔姆对你们的敌人说了相同的话。"

"不要紧，因为阿提拉是最强的！"布勒达肯定地说，"接受坦崔姆的帮助对所有匈人都有好处：她们种植出特殊的药草，让我们跑得更快，身体更强壮；她们在贫瘠的土地上奇迹般地培

---

[1]. 姓名决定论（nominative determinism）是一种假说，意指人类倾向于选择同各自姓名更贴合的职业。

育出农作物，让我们填饱肚子；她们还为我们提供可以参加战斗的野兽……"

"如果敌我双方都获得了同样的好处，就相当于一无所获。"博士总结道，"我不禁好奇，既然女巫的诉求一致，那当初为什么要起内讧呢？"

"这不重要！"布勒达吼道，"现在，阿提拉拥有了敌人没有的优势——新的女巫和与众不同、更加强大的魔法。"

"哦！原来你在为阿提拉招聘魔法顾问！"博士对上亚兹的视线，"真是一个值得应聘的好职业！"

终于，亚兹手上的皮带断开了。她放松双臂，甩了甩手腕，几乎要为自己获得解放哭出来。然而，一阵难闻的气味惹出了她的眼泪，"呕，那是什么味道？"

博士假装用舌头品味了一番，"沥青、浓烟、粪便，还有鼻涕。"

"我们离营地很近了。"布勒达宣布，"安静点，附近可能很危险，这片区域有罗马人的眼线和斥候在监视我们的行动。"他吹了一声口哨，咬鬃和两匹马儿立刻停了下来，"看见了吗？那里是卡塔劳尼亚平原。"

"真迷人！"博士轻声说，"我爱这个地方。"

"那里已被选为战场。"

"谁选的？"博士问，"阿提拉还是坦崔姆？"

布勒达没有回答，但亚兹认为是后者。借着逐渐转为粉色的曙光，亚兹发现他们位于下山的坡道上，山脚与一片广袤的平原接壤。"平原延绵数英里。"她轻声说着，眼睛适应光线后，逐渐看清了更多的细节。一条河流沿着山脚流淌而过，高耸的山峰在远方连绵。不远处有一座小村庄，低矮的圆锥形石头房上搭着高高的茅草屋顶，就像《蓝色彼得》[1]会探访的仿古遗迹。不过，眼前的景象是真实存在的，考古学家梦寐以求的建筑就屹立在她面前。

小村庄再过去一些就是营地，在熹微的晨光下，亚兹只能看见大概的轮廓。除了难闻的臭味儿，声音也传到了坡道上：锤子碰到铁砧发出的清脆的撞击声，重物被抬举时发出的巨大声响，还有或祈祷或恸哭的洪亮嗓音。远远可以看到，平原那头涌动着一片阴影，成千上万的士兵举着武器，如同蚂蚁般行军。她看见这一幕，不禁打了个寒战。

"出问题了。"布勒达忧虑地说，"我命令盟军格皮德人驻扎在奥布河边，迫使罗马人从西侧进攻。如此一来，当双方开战时，清晨的阳光就会射进罗马人的眼睛里。"

博士看着布勒达，"原来你还是格皮德人的首领？真是责任重大。"

---

1.《蓝色彼得》是世界上播出时间最长的儿童电视节目，于1958年开播。

匈人看起来忧心忡忡,并没有理会博士。

"虽然我不是战争专家,"博士告诉他,"但罗马人好像已经突破了你们的防线。开战时,他们会从东侧进攻。"

话音未落,四匹黑马从路旁的欧洲蕨后面冲出来,拦住了他们的去路。

这些马儿不像咬鬃那般身材矮小、毛发浓密,每匹都有十五手[1]高,强壮有力,脖颈呈拱形,尾巴高高地挂在屁股后面。亚兹觉得它们更像是伦敦的警用马。

"它们从哪儿冒出来的?"亚兹惊呼。

灌木丛中突然迸出拳头和铁剑,几个罗马士兵从道路两侧冲了出来。

"有埋伏!"布勒达咆哮道。

阿尔普迅速行动,跳下了马车。他虽然手无寸铁,但看起来无所畏惧。他上前掐住其中一个士兵的喉咙,然后用力挤压。

战斗一触即发,亚兹和博士在摇晃的马车上本能地压低了身体。她听见布勒达骂骂咧咧地威吓敌人,还听见了挥剑的呼啸声和撞击声。她冒险看了一眼,发现阿尔普刚刚将敌人击倒在地,又被另一个士兵刺进了后背。可是,这名匈人竟然无动于衷,甚至转身抓住罗马人,折断了他的脖子。

---

1. 一手之宽,约10.16厘米,用于测量马的高度。

"你趴在这里。"博士告诉亚兹,"我去拿回音速起子。"她翻下马车,躲过了袭来的剑锋。

"博士,等等!"亚兹本能地坐了起来,然后听见罗马人的叫喊声盖住了战斗的喧嚣。

"这怎么可能?"其中一个罗马人喊道,"他重新站起来了!"

"不可能!"另一个哭喊道,"马克罗已经死了,他的喉咙被割开了!他死了!"

一个皮肤黑亮、面目可憎的男人向亚兹逼近,喉咙上还沾有发黑的血迹。也许他就是马克罗,亚兹心想。紧接着,他举起一柄血淋淋的短剑,刺向了亚兹的胸膛。

## 10

格兰姆在交错的树林间穿行，想要折回自己和莱恩走散的地方，恐惧和忧虑令他倍感不适。小伙子遭遇了什么？维特斯还活着吗？他的同伴是谁？亚兹和博士在哪儿？

另外，他现在到底在哪儿？

格兰姆一边徘徊，一边留意追兵的动静，但只听见了自己的呼吸声和血液撞击太阳穴的声音。终于，他幸运地找到了骑士之前现身的地方。他循着马蹄的痕迹走下山坡，发现底下空无一人，只有骑士靴的鞋印和……那是什么？

他蹲下来，心里默默祈祷，发现那是莱恩的运动鞋留下的痕迹。有的鞋印很深，有的则十分模糊，走了几步便消失了，而马蹄的痕迹仍然延续着。

"这种时候贝爷[1]去哪儿了？"格兰姆一边咕哝，一边循着痕迹出发了。

---

1. 贝尔·格里尔斯（1974— ），英国电视节目主持人、探险家，野外生存经验丰富。

亚兹的心脏急剧跳动,仿佛要赶在被狂暴的马克罗刺破之前跳出胸腔。她抬起双腿,踢得他连连后退。马克罗踉踉跄跄地倒向咬鬃,又被马儿踢倒在地。

"快给我!"博士穿过激烈的战场,一路躲避着拳头和刀剑,手忙脚乱地冲向布勒达,"我的音速起子——刚才用来对付乌鸦的那根魔杖——快给我!"

一拳击倒身旁的罗马士兵后,布勒达飞身上马,将音速起子抛给了博士。博士用左手接住,俯身避开扫过头顶的剑,把起子的顶端对准了前方。电流通过剑身,罗马士兵仰面倒下。紧接着,又有两个罗马士兵从她身后冲了过来。

"博士,小心!"亚兹跳下马车,踢向其中一个士兵的后背,后者颤颤悠悠地倒在了泥地里。亚兹取下他的头盔,拿它继续痛击对方。博士转身喊了句"谢谢",把音速起子对准另一个罗马士兵的胸甲。士兵发出一声尖厉的惨叫,一头倒在了马车旁边。

亚兹环顾四周查看战况,但立即后悔这么做了。一匹可怜的马儿死在她的脚边,它的同伴则受到惊吓,挣扎着想要逃跑,但拖不动堆满尸体的马车。阿尔普一声不吭,徒手将刺进身体的利剑劈成两半,从本应了结自己性命的士兵手中夺走剑柄,刺进了对方的胸膛。他反手从背后拔出另一半剑尖,掷向了最后一个还在战斗的罗马人。阿尔普背部的伤口渗出一股透明液体，如沸腾的脂油般冒着气泡，剑伤不一会儿便痊愈了，仅留下一道鲜红的疤痕。亚兹惊骇地盯着他，难以移开目光。土卫六的药店里可买不到像这样的药膏，她心想。

布勒达骑着咬鬃，一直在挥剑攻击不死者。"这个男人死不了！"布勒达吼道，"他和阿尔普一样被坦崔姆施了魔法！"马克罗每挨一剑，都有黏稠的液体替代血液封住伤口。

阿尔普伫立在亚兹面前，面露夸张的怨色，用匕首刺死了她之前踢倒的那个罗马人。"不！"她喊道，"他对你没有威胁！"

接着，阿尔普走向被音速起子击倒在马车旁边的士兵，后者眼见就快醒来。博士攥住阿尔普持剑的胳膊，阻止他向前。"不可以，阿尔普。你做得已经够多了。"她喘着粗气，"帮帮我，亚兹！"

亚兹和博士一起拖住阿尔普，为救人争取了充足的时间。头晕目眩的士兵意识到自己处境危险，翻身爬了起来，跟跟跄跄地掉头逃跑了。他一跑出视线，阿尔普就停止挣扎，恢复了对周围事物毫无知觉的状态。与此同时，布勒达仍然在跟马克罗战斗。

"万物归于洞穴。"阿尔普喃喃自语，"所有人将在洞穴重逢……"

"怎么回事？他宁愿杀死一个没有威胁的人类，也不去阻止攻击自己将领的僵尸。"博士惊叹道,"看来他只对这个时代的活人有杀戮欲。"

亚兹打了个寒战,"也许,他希望布勒达也变成自己这副模样。"

"也许,有人预设了攻击目标,而我们不符合要求。"博士说,"交战双方都拥有这样的不死者,战争将变得更加残酷。"

"可恶,阿尔普!"布勒达冲自己的族人怒吼道,"你要眼睁睁地看着自己的首领死去吗?"

亚兹扬起了眉毛,"首领?"

此时,十多个匈人从灌木丛中冲了出来,其中几个毫不犹豫地扑向马克罗,将他按倒在地。亚兹闭上双眼,令人厌恶的打斗声萦绕在耳边。过了好一会儿,马克罗终于不动弹了。布勒达跳下马,其他匈人立刻跪在他的面前。

"阿提拉万岁!"他们喊道。

"伟大的阿提拉,"其中一个匈人欢呼道,"感谢造物主让您回到我们身边。"

"可他不是布勒达吗?"亚兹突然睁开眼睛,"哦,等一下……"

博士点点头,"他一直在糊弄我们。"

亚兹看着博士,"他就是匈人阿提拉?"她抱怨道,"难怪阿尔普出现以后,他发表了一通关于统领一万骑兵的长篇大论。

这样一来，那个大块头就不会露馅了。"

"盯紧这两个女人。"阿提拉露出王者的笑容，示意手下包围博士和亚兹，"她们反对暴力，不会伤害你们，但她们拥有魔法，而且很狡诈。"他伸出手，"给我你的魔杖，博士。"

"不行。"博士说，"你骗了我们，我不配合骗子。"

"那你只有死路一条！不，等等。"阿提拉想出了新主意，笑着说。他缓缓接近咬鬃，将匕首抵在马儿的脖子上，"把魔杖给我，否则我杀了它。"

亚兹感到一阵厌恶，"咬鬃是你养的马，你不会杀了它的。"

"为什么不会？我的营地里有四百匹像这样的马。"

"干得不错，阿提拉，真不错。"博士不情愿地把音速起子递给近处的士兵，后者谨慎地接过起子，呈给了阿提拉。"布勒达到底是谁？"

"布勒达是我已逝的兄弟。"

"请节哀。"

"我不伤心，因为是我亲手杀了他。"阿提拉收起音速起子，"罗马女巫的魔法分散了我们撤离的军队，埃提乌斯手下的杂狗在奥尔良一带搜寻我的下落。所以，我极力避免向陌生人透露自己的真实身份，相信你们会原谅我的。"他转身对手下愤怒地质问道，"我的子民们！你们为什么没有出来寻找自己的首领？为什么没有为了找到我而夷平树林？为什么没有助我一臂之力对抗罗马人？"

"首领……"其中一人走上来，精致的服饰和锃亮的剑鞘表明他是一位匈人贵族，"女巫因克里说在梦中找到了您的方位。我们派出几千个士兵前去寻找，结果却撞上了埋伏的罗马军团和他们的盟友。"

阿提拉的脸愤怒地扭曲着，"因克里欺骗了你们！"

"她辩解称埃提乌斯的女巫预见了我们的行动。"贵族瑟缩着，看起来很害怕，"我们陷入战斗，双方都损失了数百人，最后仍然没有找到您的下落。"

"该死的女巫……"阿提拉朝地面啐了一口唾沫，"罗马人突破我们的防线也是这群老巫婆干的吗？"

"您不在的时候发生了很多事情。"匈人贵族说，"我们必须给您看一些东西。"他阴沉着脸看向阿尔普。

"带我去看。"阿提拉翻上马背，"我们走。"

士兵押着亚兹和博士跟在阿提拉身后，走上了通往营地的道路。亚兹看着博士，"因克里既然帮助了匈人这么多年，为什么现在要欺骗他们呢？坦崔姆到底在玩儿什么把戏？"

"只有她自己清楚，而我们必须找到答案。"博士注视着喃喃自语的阿尔普和罗马人的尸体，目光冰冷坚定，"现在已经有很多具受坦崔姆控制的尸体了。无论如何，我们都要做个了断。"

## 11

莱恩竭力前倾,双臂箍住雷杜莎的脖子,感觉十分难受。他既看不见也听不清,套在头上的麻布袋让他感到闷热窒息。"快到了吗?"

"我说过了,快到了。"莉希尼亚对他没有半分同情,"别抓得太紧。你真的从没骑过马吗?"

"你从哪里看出来的?"莱恩咕哝道。

马儿驮着莱恩继续前行,朝阳照射在他的后背上。渐渐的,清甜的空气取代了针叶林的气味,朦胧的视野变得越来越阴暗,最后,颠簸的骑行戛然而止。

"我们到了。"莉希尼亚宣布。她一只手按着他的胳膊,另一只手从他头上摘下麻布袋。

周围的世界沉浸在异常的静谧中——没有鸟啼,没有鸣笛声,也没有飞机从头顶飞过的声音。莱恩在光亮中眨了眨眼睛,凝神观察眼前的景象:杂草丛生的荒地间点缀着残破的纪念碑、雕像和石块,上面的华丽雕刻依稀可见。一座古老的砖砌拱廊耸立在前方,大约有十米长,拱廊尽头延伸进一条黑暗的地道。

"这是一片墓园。"莱恩反应过来,"不愧是办公的好地方。"

"这片墓园曾经属于一座叫卡比洛纳的城市,为最富裕的家族和达官显贵开放。自从西哥特人、阿兰人和其他民族迁移到附近后,邻里关系变得不太和谐,罗马公民便搬走了。"莉希尼亚耸了耸肩,"这个地方荒废了至少四十年。"

"只剩你们经常光顾。"

她抬头看着莱恩,"迷烟军团在罗马帝国的各处战略要地都设有秘密基地,不过我最喜欢这里——毗邻古老坟场的假家族墓园——我称之为'隐匿之厅'。"

"你们一共有多少成员?"

"罗马帝国的各个地方都有我们的成员。"

"高卢呢?"

"我和维特斯。"她耸了耸肩,"不过,几乎所有坦崔姆都在此处,就在区区几英里外行动。一开始,我们以为她们是来寻找迷烟军团的,后来才发现是跟随部落迁移而来。"

"奇妙的巧合,是不是?"

"是的,可我不喜欢巧合。"莉希尼亚仍然抬头望着他,"老这么说话我的脖子都要酸了,要扶你下马吗?"

"我自己可以的。"莱恩深吸一口气,放松了一下胳膊,笨拙地滑下雷杜莎的后背。他在落地时绊了一跤,差点儿脸朝下摔倒。"你的同伴和格兰姆到了吗?"

"我没有看见他的马,"她一边回答,一边把雷杜莎拴在树边,"但我肯定他们在来的路上。跟我来。"莉希尼亚领着莱恩走进了阴冷潮湿的地道。

地上间或摆放着油灯,微弱的灯光照亮了宽敞的方形房间。几具开裂的石棺倚靠在远处的墙壁上,表面镌刻着面无表情的雕像。

"我喜欢这里面的装饰。"莱恩一本正经地说,"你该不会住在这儿吧?"

"我不住这儿。高卢总督是我的亲戚,维特斯则是远房表亲。我们的家族协助管理高卢地区,所以在各地都有房产。"莉希尼亚用力拉扯其中一尊雕像的胳膊,随着咔嗒声和诡异的嘎吱声,砖墙上一扇隐蔽的大门打开了。

"你该不会……"莱恩说,"还在里面养了一只叫作史酷比[1]的狗吧?"

"你有很多奇思妙想,莱恩。"莉希尼亚领着莱恩穿过大门,走进了一个亮着微弱绿光的房间,"这道绿光来自宇宙飞船残骸里的一种物质。飘浮于太空中的宇宙飞船在群星间航行,就

---

1. 20世纪60年代美国同名卡通系列剧的主角,是一只会说话的大丹狗。

像小船在码头间行驶一样。"她用圆圆的灰眼睛注视着莱恩的脸,看见他溢于言表的惊奇之色后,露出了笑容。

"一艘出现在古罗马时期的外星飞船?"莱恩目瞪口呆地说。

"什么是古罗马时期?"

"呃,一种修辞手法而已。"

"你的身上有很多谜团,莱恩·辛克莱。如果不是我自己也有不少秘密,我一定会嫉妒你的。"莉希尼亚按下墙上某块特定的石头,闪烁的绿光变得更加明亮了,地洞中散发着独特的幽光。

莱恩盯着几堆像是杂物的高科技物件:几块裸露着电线的金属;一块安在基座上的水晶,似乎仍在不断闪烁;一座石头祭坛,里面可能封存着人类木乃伊;还有一块形似印刷电路的石板。这间暗室的另一头,箱子从潮湿的地板一直堆到了湿淋淋的天花板,卷轴和羊皮纸从里面冒了出来。

"你们到底在做什么?"莱恩问。

莉希尼亚用力脱下铠甲,里面只剩一件浸透了汗水的亚麻上衣。"迷烟军团旨在搜寻、收集和整理各种超自然物品和可能来自外星的东西。"

"你们在研究鬼魂和外星人?"

"我们在暗地里行动。"她望着莱恩,模仿他那副专注的神情,"我曾经向一小撮人透露过这个秘密,但他们要么嘲笑我,要么被吓坏了。毕竟,一个小团体竟然掌握了数百万人都不知道的秘密。有趣的是,你看起来似乎一点也不惊讶。"

"没必要检查我的身体,"莱恩迅速回答,"我跟你一样也是人类。"

"你觉得我是人类?"

"呃……"

"开个玩笑,我当然是了。"她笑着说,"迷烟军团的资助人绝不允许其他生物混进来。他讨厌来自外星的造访者,并不认同超自然现象只是我们尚未理解的自然现象。只要能保证普通公民——至少是未参军的人——不知道这些可怕的东西是真实存在的,他愿意付出一切。"

"无知是福。"莱恩说,"真相会让人受伤,而且十分危险、恐怖……"

"也令人惊叹。"莉希尼亚望着他,眼神无比热切,"当你向真相敞开心扉时,难道不会感到惊讶吗?"

"会。"他轻声说。

"你……"她笑着说,"可以叫我莉丝。"她背对着莱恩,在一具石棺里翻找起来,"无论如何,正是因为真相充满危险,军团才尽力把可怕、惊人的秘密屏蔽在民众的生活外,锁在像这样的仓库里。所有人——无论是街上的乞丐,还是元老院的长老——都一无所知。"

"但是,他们不可能不知道天上着火了,对吗?"莱恩说,"民众一定知道天有异象。"

"官方宣称这是一种自然现象,就像极光一样。不过,大家并不信服,认为这是世界末日的征兆。"莉丝看着他,脸上浮现出一抹悲哀的微笑,"有时候,我相信他们的说法。"

## 12

格兰姆整夜都在黑暗的树林里亡命追寻,最终疲惫地放慢了速度。晨光照亮天空,他的身体迫切地渴望休息。

附近传来呻吟声,听上去来自一个饱受痛苦的男人。格兰姆试着辨认方位,爬向一排树丛,来到了树林的边缘。一条坑坑洼洼的狭窄小路延伸出来,他看见一个虚弱的男人躺在路中间,脸上伤痕累累、鲜血淋漓,破了的鼻子发出鼾声。一辆盖着布的货车陷进了路边的阴沟里,地上的痕迹表明拉车的马儿已被牵走。也许,这个可怜虫是因为马儿或者车上的货物而被打劫的?马车已经空了,只剩几只盛满香料的破罐子和一块面包。格兰姆狼吞虎咽地咀嚼面包,干涩的口感和胡椒味儿令他皱眉。这个遭人殴打的家伙可能是一名商人,想跟打算换换口味的士兵做生意。他身穿一件深绿色的长袍,上面别着一枚时髦的胸针,里面还有一件贴身的短上衣。

格兰姆这身脏兮兮的斜纹长裤和夹克让他在古代看起来格格不入。难怪他和莱恩远远地就被人盯上了,他们应该混入人群中。格兰姆灵机一动……

他检查了一番商人的四肢，想确认是否有骨折，但没能得出什么结论。他笨拙地取下胸针，商人的鼻子发出哼哼声，听上去十分可怕。他一点点抽出长袍，商人的呼吸声变得愈加响亮和愤怒。格兰姆穿上长袍，惊喜地发现这件衣服长及脚背，完全盖住了鞋子。他抚平上面的褶皱，摸到了夹克口袋里的治愈药膏，便把罐子拿了出来。

"博士，你到底在哪儿？"格兰姆悲伤地说，"你知道怎么把大家找回来。"

哼哼声打断了格兰姆的思绪，他皱了皱眉，取下盖子，用手指蘸取药膏敷在商人肿胀发紫的脸上。"不如给彼此都行个方便，伙计。请把药膏当作衣服的补偿吧，谢谢。"

"发生了什么？"一个声音传了过来。

格兰姆顿住了，抬头看见两个罗马士兵从马车的另一边走了过来。他们穿着不合身的破旧盔甲，没有佩戴头盔，皮衬衣下面是过膝短裤。其中一人受了伤，脚踝缠着一条浸血的绷带。

"不好意思打扰你，陌生人。"那个健全的士兵说，"我们看见这儿有辆马车，所以过来寻求医疗用品。"他形容憔悴，大约三十来岁，已经谢顶。

"不是给我用的，你千万别这么想。"那个受伤的士兵说，"虽然我行动困难，但与流血的统帅相比，我的伤又算得了什么呢？"他留着一头黑发，神情痛苦，看起来备受煎熬。

如果我能成为罗马士兵的朋友，格兰姆心想，他们也许会帮忙找到莱恩。"呃……那你们找我正合适。我正在救助这个家伙。"

"里希默，你看！"受伤的士兵指着商人，张大了嘴。

格兰姆低下头，发现商人脸上的伤痕正以肉眼可见的速度消退，破裂的皮肤也在慢慢愈合。

"魔法……"里希默冲格兰姆眯起了眼睛，"这是你干的吗？"

"是，就在刚才。"

"你是谁？女巫的丈夫吗？"

"不是！我贩卖药材为生。这是药膏，不是魔法，明白吗？"格兰姆举着小罐子说，"听着，我可以治好你同伴的脚。他叫什么名字？"

"齐诺。"

"好，为了齐诺，我一分钱也不收。不能更划算了，是不是？"

"你说话很有趣。"齐诺说。

"我来自不列颠。"

"哦。"两个士兵同时点了点头，仿佛一切都有了合理的解释。

里希默看着自己的同伴,"试试吗,齐诺?也许你能闭上嘴巴,不再呻吟了。"

"你来试试拖着受伤的脚后跟走路呢!"

"我根本不会让匈人伤到我的脚。"

"至少让我试试吧。"格兰姆说,"你们也看见了,这个家伙的脸愈合了。"最好在这个老头儿看见我穿着他的长袍之前搞定,他心想。

齐诺跛着脚向前走了几步,一屁股坐在车尾。"好吧,不列颠人,你可以试试,但如果让我失望了……"

"那就让你尝尝这柄剑的厉害。"里希默说。

"他的剑可好久没洗了。"齐诺补充道。

格兰姆小心翼翼地从齐诺的脚踝上揭开染血的绷带,将药膏涂在对方受伤的脚后跟上。

齐诺痛得倒抽一口冷气,"你在玩儿什么把戏?"

"忍耐一下,不会让你失望的。"

几秒钟后,里希默被眼前的景象惊呆了,"难以置信!"

"怎么了?我感觉脚后跟痒极了,但……"齐诺说着,瞪大了双眼。他的伤口不再流血,以惊人的速度结痂了,红肿也在逐渐消退。"这不可能!"

"你施展了奇迹。"里希默踢了一下齐诺的脚踝,齐诺也支撑着身体回敬了一脚。里希默不禁露出微笑,"想想埃提乌斯将会给予我们的赏赐！"

"说不定会让我们成为将领，里希默！"

"没错，齐诺。我们把这个不列颠人带回营地吧。"

"等等，伙计们……"两个士兵向格兰姆围拢过去，后者皱起了眉头。

"希望你的药膏够用，不列颠人。"齐诺在他耳边低语，"侍奉罗马的最高统帅可不能省着来！"

## 13

匈人将卡塔劳尼亚小镇纳入了防线，一队士兵守在入口的关卡处，旁边摆放着货车、帐篷和巨型攻城武器。如果罗马联军发起进攻，亚兹心想，这片聚居地将沦为前线战场和后方营地的分界线。匈人士兵的营地驻扎在平原上，数千顶五颜六色的帐篷组成了鲜艳的"花海"。阿提拉从高卢搜集的战利品全都堆积在这里，除了金子、银子和艺术品，还有奴隶、武器、食物和饲料——罗马人一定觊觎此地已久。

亚兹一边跟随博士走下山坡，一边沿路观察匈人的防线。攻打这里无疑是自寻死路，她心想。一桶桶、一袋袋、一捆捆补给品放在配有装甲的马车上，数百辆车如同货运火车般连在一起，环绕营地一圈，准备阻拦敌军骑兵的猛烈攻势。数百个皮肤黝黑的男人手持长标枪聚集在货车前，另有一千多人分布其后，他们的脸上都涂着红色和黄色的颜料，身上带着长柄镰刀和石弩。亚兹认为他们来自其他民族。除此之外，还有数百人身着铜制盔甲，手举长矛，站在货车方阵的后面。沿线间或设有巨型木质牢笼，里面关着灰毛动物，可能是数只摞在一起、陷入沉睡、随时等待主人召唤的狼。

亚兹打了个寒战。没错，攻打这里绝对是自寻死路，但数千个罗马士兵仍然得赴命攻击，为了一丝击溃敌军的希望而赌上自己的性命。此刻，强烈的担忧涌上她的心头，这场战争牵涉到成千上万的人，征服和杀戮是双方的唯一目的。

"卡塔劳尼亚平原之战。"博士阴沉地说，"历史学家认为这是一场史无前例的战役。战斗无比残暴、血腥，以至于有传言说死者的亡灵仍在此地激战了三天三夜，像生前一样凶猛。"

"传言也许没有夸大其词。"亚兹压低了嗓音，"最后谁赢了？"

"这场战役没有决定胜负，但导致数十万士兵殒命。"

"在一天之内吗？"亚兹惊掉了下巴，"不过，我们会阻止这场战役的，对吗？我们会化解可怕的争端，拯救所有人的性命。"

"不行。"

"为什么？"亚兹感到一阵不安，"别告诉我这是一个——"

"时空中的定点，没错。"

"所以，如果我们阻止了这场战役，历史将会改变，所有事情都会变得不一样，而我也从未出生？"

"猫王没有发行某首畅销单曲，蝴蝶扇动翅膀引起了龙卷风……哪怕是聪明绝顶的人也想不出类比了，对，差不多就是这样。"博士无奈地耸了耸肩，"如果要阻止地球上发生的所有大规模战争，什么时候才是个头呢？"

"虽然不愿看到这个结果，但我明白你的意思了。"亚兹看见成千上万的士兵在战场上就位，"所以，这些人即将进行战斗？数十万人将会死而复生？"

"我希望能够改变死而复生这部分。"

关卡处的士兵分列两侧，为阿提拉一行让路。亚兹感受到来自周围的目光，听到人们害怕地低声议论身后的阿尔普。他虽然在喃喃自语，但并不具备僵尸的典型特征——没有蹒跚的步态，没有一身的腐肉，也没有明显的嗜血欲。他的皮肤看起来又黑又亮，冒着泡泡的脓液已经硬化为肿块，扭曲了身体的线条。伤口下面的肌肉持续抽搐，导致他的行动看上去不太自然。

亚兹看着博士，"他还有机会恢复正常吗？"

"他已经是死人了，还能正常到哪儿去？"

"坦崔姆是怎么办到的？你觉得她们是拥有强大力量的人类，还是……"

"外星人？"博士点了点头，"她们不足以构成一支部落，但组成飞船的船员则绰绰有余。"

"天上的能量带，"亚兹恍然大悟，"是不是飞船设置的隐形模式？"

"应该是。"博士含糊地认同道。

越来越多的人被吸引过来,全都聚集在卡塔芳尼亚小镇的入口。数千个满身是汗的士兵散发出浓烈的酸臭味,让亚兹一阵作呕。周围的人群发出一阵阵嘘声,其中一人喊道:"伟大的阿提拉,您在战争前夜给我们带来了什么消遣?"

"滚开,狗东西!"阿提拉回头发出怒吼,"谁敢挨这两个女人一根手指,我就让他悔不当初。给我让路!"

一名匈人贵族从人群中走了出来。他身着与众不同的盔甲,肩部饰有马蹄和鹿角,一柄镶嵌着绿松石的弯刀挂在腰间。他没有鞠躬示意,只是使劲抓住阿提拉的胳膊以示欢迎。"终于见到您了。"他说。

"没想到你会出来站岗,恰克那。"阿提拉打量着他,"一万骑兵的将领只想追求安稳的生活了吗?"

"斥候说您回来了,我想亲自出来迎接。"

"原来你才是一万骑兵的将领!"博士喊道,"恰克那,阿提拉窃取了你的身份,如果你想报警,我的朋友亚兹愿意记录案情。"

亚兹尴尬地笑着说:"随时恭候。"

恰克那瞪了博士和亚兹一眼,一道凶狠的目光从跟络腮胡一样又黑又密的眉毛下方射了出来。接着,他转向了阿提拉,"斥候说恩卡洛死了,您带回了新的女巫。"

"这两个女巫力量强大。"阿提拉说,"她们能打破现在的僵局,施展坦崔姆施不出的强大魔法。"

恰克那面无表情,"这些魔法包括召唤一支敌方的死亡大军吗?"

亚兹紧张起来,"什么死亡大军?"

"罗马人攻破了我们在奥布河的防线。"恰克那说,"他们放出斯特拉瓦兽,那些家伙十分凶猛。我们失去了数百个士兵,幸存者逃散后成了罗马杂种的俘虏。"

博士皱起眉头,"你刚才说像什么?"

"斯特拉瓦兽。"恰克那说着,指向巨型牢笼。他从地上抓起一把尘土,朝牢笼抛了过去,一头庞然大物旋即一跃而起,撞在了木板上。它的体型和犀牛一样大,但披着狼皮,满口獠牙。牢笼摇晃起来,野兽似乎快要冲出来了。亚兹迅速后退,畏惧的惊呼声和拔剑出鞘的刮擦声在她的耳边回荡。唯独博士和阿尔普站在原地,一动不动——前者神情专注,忧心忡忡;后者则抽搐着喃喃自语。

"因克里明明保证过,只有我们才有斯特拉瓦兽。"阿提拉怨恨地小声说,"我们把它们秘密圈养在牢笼里,以确保匈人上战场时的攻击力最强。"

恰克那点点头,"看来,埃提乌斯也有自己的战争野兽,而且已经把它们放出来对付我们了。不到一小时,那些有手有脚、可以独立行走的尸体就站了起来。战死的罗马人已经赶回自己的营地,哪怕箭还插在他们的背上。"

"战死的匈人在哪里?"博士追问道。

恰克那朝卡塔劳尼亚小镇的方向点了点头,"如今,小镇成了他们的坟场。"

"带我们去看看。"阿提拉箭步朝关卡走去,"快走。"博士、亚兹和阿尔普紧随其后。

士兵赶在他们前面跑向货车方阵,踢了踢安静的公牛,驱赶它们拖开沉重的货车。亚兹穿过狭窄的街道,走进朴实的庭院,听见一阵喃喃低语飘出房屋。她透过灰扑扑的窗纸向屋内望去,顿时呆若木鸡。房间里塞满了士兵,他们直挺挺地挤在一起,抽搐不已,双目无神,低声地自言自语。这幅景象既可怕又可悲。

"他们会拉弓和挥剑,"恰克那说,"但不会自相残杀。"

"难怪阿尔普不愿同袭击阿提拉的罗马僵尸战斗。"博士迈向另一间屋子,推开大门,露出了里面的活死人。"我猜,这些可怜的家伙还想上战场砍活着的敌人一刀。"

"绝不可能!"恰克那的脸因狂怒而扭曲起来,"他们只是愚蠢的活死人,在这个世界上没有立足之地。"

"没有立足之地?"博士怒喝道,"现在,你们的世界到处都是这些活死人。你觉得他们很愚蠢?不!他们只是出于某种原因而被束缚了,就像斯特拉瓦兽一样。我猜,他们能增加战斗的人数,让杀戮更激烈。"博士话音落下前,没有一个人吱声。

最后,阿提拉对阿尔普说:"进去吧。"他指了指博士打开的那间屋子,"进去吧,我不想再看见你。"

阿尔普听从命令转过身,平静地走进了屋子里。他站在那儿,像其他尸体一样不断抽搐、颤抖。恰克那走上前去,轻轻合上了大门。

"匈人士兵的尸体应该被埋在土里,面朝西方。"恰克那说,"这样一来,他们就能骑马奔赴来世。但这些尸体不应该被关在这里,胡言乱语。"

"你们听,"亚兹把一根手指贴在嘴唇上,"阿尔普和其他人都在重复'万物归于大洞穴'这句话。"她望着博士,"大洞穴就是地狱的别称,对吗?"

"现在,卡塔劳尼亚成了地狱,而且还是由你亲手打造的。"博士瞪着阿提拉,"你选择与恶魔共舞,难道真的没有意识到女巫一直在操纵全局吗?"在她说话时,活死人的低语如同一首绝望的安魂曲。

阿提拉望着她的双眼,"我会让因克里付出代价的。"

"我绝不想错过她的辩解。"博士的脸上浮现出一抹微笑,"我们走吧?"

# 14

莱恩在隐匿之厅待得不耐烦了，因为莉丝一直在埋头翻找什么东西，还声称将颠覆他的世界观。他一直在担心自己的同伴，不知道他们在这片神秘的土地上身处何方。

"坦崔姆出现多久了？"他问，"你们是什么时候发现她们的？"

"女巫的传言始于四十年前，当时，西哥特人在她们的帮助下洗劫了罗马。不过，这群女巫很早以前就出现了，时间相当久远。"

"话说回来，怎样才能加入迷烟军团？"

"这是世袭制。如若某位成员发生意外，其长子将继承军团成员的身份。"

"不能拒绝吗？"

"你没听懂'如若发生意外'的意思吗？"莉丝拾起一个蛋形装置，仔细研究了一番，"父亲去世后，我便加入军团，知晓了他生前真正的工作。"她往蛋形装置上套了一个金属壳，"这都是六年前的事了。当时,维特斯已经入团,负责训练我。坦崔姆和她们的魔法在那个时候已经远近闻名,广为流传了。"

"你的头儿肯定不满意她们。"

"一开始,我们打算证明她们是骗子,可麻烦在于她们的魔法是真实的。"莉丝把装置随手扔进箱子里,摇了摇头,"战争本来就很残酷,自从坦崔姆的魔法加入后……"

"战争变得更残酷了。"莱恩感同身受地点了点头,"所以,我们应该怎么做?我猜,军团需要我的帮助,对吗?"

"对,之前是这样,我们本以为你拥有某种高科技玩意儿。"终于,莉丝露出一抹淡淡的微笑,这看来是一个好的开始,"我们不断寻找能够抗衡或压制她们的东西,并且得到了一些来自外星的武器——"

"什么?你们怎么没拿来用?"

"我们不知道该怎么用。"她坦言道,"更何况,就算我们掌握了使用方法,又会招来多少风险呢?"

莱恩觉得她说得有道理,"确实会吸引旁人的注意。"

莉丝点点头,"我们的头儿对此毫不知情。如果他决意使用外星武器,无论用于战争还是为了和平,都可能导致更大的麻烦。"

"无上权力会导致腐败?"

"真不错,你很聪明,莱恩。"她沉下脸来,"维特斯和我一直在寻找那些女巫的弱点，研究军团收集的每一册秘本、每一只密封的陶土罐，甚至每一种神秘仪式。从罗马帝国的边陲到境外，从巴比伦的先知到瓦卢比利斯[1]的沙漠祭司……我们能找的都找遍了。"

"你们有什么收获吗？"

"没有！"她喊道，声音在泛着微光的墙壁间回荡。

"错了。"莱恩的笑容微不可察，"你们找到了我，还有格兰姆。我还有两个你们一定想见的同伴也来到了这里，她们肯定能帮上忙。"他顿了顿，"其中一个叫作博士，她是一个擅长处理问题的专家。她乘坐的塔迪斯外表看起来像个蓝盒子，而且——"

"你说什么？"莉丝跳了起来，"博士？塔迪斯？你在开玩笑吧？"

"什么？"

她瞪着他，"快承认你是在逗我，否则我就拿你俊俏的脸蛋开玩笑，莱恩·辛克莱！"

"老天，冷静点，我没有开玩笑！"莱恩抗议道，"你知道关于塔迪斯和博士的事情？"

"当然！"莉丝搓着双手，眼睛亮了起来，"尼禄执政时

---

1. 罗马古城，位于摩洛哥非斯和拉巴特之间的梅克内斯附近。

期，人们在罗马周边的悬崖下发现了一个写着奇怪文字的蓝盒子。它看起来像一具木棺，但任何工具都无法在上面留下痕迹，也无法打开它。军团本想收缴这个蓝盒子，但它却突然消失了——不是被人挪走，而是原地消失了——地上只剩四串陌生的脚印通向蓝盒子的入口。"她沉醉在故事里，"十五年后，军团在庞贝调查超自然现象时再次发现了它，就在维苏威火山喷发之前。三十年后，同样的蓝盒子又出现在一个罗马家庭的雕像上，一男一女两名家庭守护神刻在一座叫塔迪斯的神庙旁边。我见过保存在拉韦纳[1]的拓本。"

"真神秘。"莱恩说，"呃，关于蓝盒子，你说得没错。它总会从一个地方消失，又出现在另一个地方。"他不禁好奇当时跟博士一起旅行的幸运儿是谁。

"幽灵盒子？"莉丝露出天真的笑容，"但它那么小，让它移动的机械怎么装得进去呢？"

"它的里面比外面大，就像潘多拉的盒子——或者罐子——只不过装的都是好东西。"

"我说过要拿你的脸蛋开玩笑。"她揉捏莱恩的脸颊，"你进过蓝盒子里？"

"对，"莱恩的自豪感油然而生，"我和我的同伴都进去

---

1. 意大利北部城市，曾是西罗马帝国的首都。

过。博士、亚兹,还有格兰姆真的能帮上忙。"他被捏得有点难受,转而握住了莉丝的双手。

"我们会帮你的。"莉丝说,"维特斯马上就回来了,然后……"她踮起脚尖,在莱恩的嘴角留下一个湿润的吻,"哦!我有点儿头晕!"

莱恩也有点儿晕,但装作若无其事地说:"怎么了?"

"我希望……"

"希望可以再亲我一次?"

"当然。"她立刻吻了吻莱恩另一侧的嘴角,"至于坦崔姆……她们已经出现很长很长时间了,是我最先发现这一点的。"

莱恩的脑海中突然浮现出女巫的身影,一丝寒意涌上心头,破坏了他此刻的心情。"你发现了什么?"

"自从发现这个秘密后,我再也睡不踏实了。"莉丝奔向一只靠墙的华丽箱子,打开盖子,胡乱地翻找起来,"坦崔姆一开始以罗马为目标。"

他看见莉丝在庞杂的卷轴中翻找,"你在找什么?我能帮你吗?"

"找到了。"她举起一卷破旧的羊皮纸,研究了起来,"这一切要从《西比尔神谕集》说起。"

"西什么?"

"西比尔。"她重复道,"老天,你们不列颠人真落后。西比尔是先知和神庙的守护者,能够连接现世和地下。她们在橡树叶上记录模糊的预言,几乎可以解读出任何信息。不过,其中一位西比尔有所不同。"

"是吗?"莱恩知道又有故事听了,"怎么不同?"

"传说在大约一千年前,一位西比尔来到罗马君主塔克文[1]的宫殿里。她带来了九卷书,声称里面记录着人类命运的所有奥秘,还预言了罗马未来几个世纪的国运。她要把这九卷书卖给他,但价格十分高昂,塔克文拒绝了她。于是,西比尔把其中三卷扔进火里,要求他用相同的价格购买剩余的六卷书。塔克文很紧张,但还是拒绝了。"

莱恩猜到了结局,"所以,她又烧了一卷?"

"又烧了三卷后,她仍然要求塔克文用相同的价格购买剩余的三卷书。"莉丝咂了咂嘴,"最终,塔克文屈服了。我认为西比尔并不想得到钱,而是想得到君主的崇拜。"

"书里的内容怎么样?"

"对于塔克文而言并不好。"莉丝苦笑着说,"书中预言他的统治即将终结,事实也果真如此。后来,元老院大权在握,神谕集被保存在石箱里,藏在了卡比托利欧山的朱庇特神庙底下。

---

1. 卢修斯·塔克文·苏佩布(?—前496),也称小塔克文、高傲者塔克文,罗马王政时代第七任君主。

元老院的秘密理事会从贵族中选出十五人,只有他们可以查阅神谕集,领会其中的秘密。这就是迷烟军团的起源。"她取出一只紫色的圆柱形木盒,"这是其中一卷。"

莱恩注视着盒中发黑的卷轴,感到脊背发凉。

莉希尼亚伸手抽出一幅卷轴,将它徐徐展开,"按照惯例,首页是作者的肖像。也许你认得这位主宰人类命运的预言家?"

莱恩看见了一张自己绝不想再看见的脸——面容扭曲,神情诡异——毫无疑问属于那个女巫。她从一千年前回瞪着莱恩,满是皱纹的脸上挂着意味深长的微笑。

# 15

格兰姆跟随齐诺和里希默在罗马军营里穿行，感觉自己仿佛行走在历史课本中。帐篷的阵列井然有序，每顶之间的距离精确适宜，拉绳彼此重叠。小时候，他用亮橘色彩铅给罗马帐篷的图画上过色，此刻，行走在不可计数的皮帐篷之间，格兰姆既感到心惊离奇，又无比雀跃。

多么庞大的营地啊！一夜之间，整齐划一的罗马军营和五彩缤纷的部落帐篷纷纷现身，真是不可思议。粪肥、浓烟、尿液和体臭的味道四处飘散，令人难以忍受。

一时间，各种景象和气味蜂拥而至，格兰姆在离开之后才回忆起一些细节：仆从睡在帐篷外的一摞盔甲上；武装冲突的幸存者围坐一圈，浑身上下血淋淋的，无人理睬；伐倒的树木围成厕所，气味骇人；一条临时挖掘的沟渠通向一潭死水，里面积满了……

啊，我还忍得住，谢谢。格兰姆心想。

不过，最奇异的景象还是士兵在地里收割农作物，而这片耕地似乎刚刚挖好。格兰姆看着齐诺和里希默，问道："他们在收割原本就种在那儿的农作物吗？"

"不是。"齐诺回答道，走起路来一点也不跛了，"坦崔姆为我们提供了一种生长迅速的农作物。"

"这么迅速吗？"格兰姆望着地里，似乎看见茎秆正在蹿高。

"我们把这种农作物做成了粥。"里希默拍了拍肚皮，"虽然味道很恶心，但总不能饿着肚子打仗。"

"确实。"格兰姆点了点头。女巫已经施展了如此奇迹，他的治愈药膏竟然还能引起他们的注意，真是不可思议。

齐诺和里希默径直把他领进第一百夫长的帐篷，里面很宽敞，但仍然臭气熏天。百夫长正打算睡觉，却被他们扰了兴致。"你们最好说实话，"他警告两个士兵，"否则拿你们喂斯特拉瓦兽。"不管这句话是什么意思，他们看起来都不怎么开心。两个士兵讲述了来龙去脉，等待有关格兰姆和奇迹药膏的故事传至弗拉维斯·埃提乌斯的耳边。

几分钟后，格兰姆获准前去觐见，但齐诺和里希默却被拦下了。"你俩去战壕那儿报道，"第一百夫长说，"接替上一轮班守卫尸体。"

"快告诉那家伙我们是以最快速度赶来的，不列颠人。"里希默低声说。

齐诺点点头,"我们应该得到奖赏。"

"你们应该去守卫尸体!"第一百夫长呵斥道,"今天发生的事一个字也不准说出去,否则就让你们去挑粪!"

格兰姆沮丧地向两位护送者敬了个礼,立刻被领至一顶大得多的帐篷。几匹驮运帐篷的骡子拴在外面。圆杆支撑在帐篷周围,凸起的篷顶距地面大约有三米。一路上,格兰姆一直在集中精神,意识到自己和同伴的安危都系于这次觐见。他要和埃提乌斯——西罗马帝国最后一位统治者——见面!格兰姆告诉自己,埃提乌斯跟其他人没什么不同,上完厕所也要擦屁股,只不过可能用的是带海绵的棍子而非厕纸,但……

"康苏斯,"百夫长在门帘外喊道,"最高统帅要求召见这个……拜访者。"

一个矮小、瘦削的男人走了出来,脸上的哀愁十分深重。他示意格兰姆跟自己一起进去。帐篷内部同样引人注目,摆放着几把椅子和一张桌子,桌上堆着很多卷轴和盒子,四周挂着壁毯。盛满热水的大缸半掩在屏风后面,帐篷里十分闷热。

真不错,格兰姆心想,我打扰了他的泡澡时间。

一个矮壮结实、一丝不挂的男人从屏风后面信步走出,他留着发白的短刘海,看起来快六十岁了。格兰姆脸一红,立刻移开了视线。等埃提乌斯转过身,康苏斯将香气扑鼻的乳液抹在了他的背上。格兰姆转过头,第一反应是意外,然后意识到这是一种威慑技巧，暗示格兰姆对他而言微不足道。

"我是最高统帅弗拉维斯·埃提乌斯。"他的声音低沉而克制。他一边在康苏斯的帮助下穿上短袍，一边注视着梳妆台上的匕首。"你是从不列颠来的医师？"

"我是格兰姆·奥布莱恩，长官。"

谢天谢地，康苏斯为埃提乌斯围了一条亚麻的缠腰布，并给他披上了一件看起来很结实、点缀着金线的皮衫。埃提乌斯抬头看着格兰姆，纯正的淡蓝色眼里投出冰冷的目光，"我听说你有一种能够迅速治愈伤口的药膏？"

"是的。"

"证明一下。"埃提乌斯抓起匕首，随手划破了奴隶的前臂。康苏斯惊声尖叫，眼睁睁地看着鲜血从手臂上流下来。主人紧紧揪着他的后颈，不让他动来动去。格兰姆低声咒骂了一句，用长袍拭去伤口的血迹，然后迅速用药。可怜的奴隶因为痛苦而扭动着身体，埃提乌斯则冷冰冰地注视着格兰姆。

快点发挥作用啊！格兰姆心想，快点，奇迹药膏！他满心希望药膏能在这个可怜虫的手臂迸出更多鲜血之前治愈伤口。

仿佛经历了漫长的等待，康苏斯的伤口终于结痂了。格兰姆如释重负地舒了一大口气，"这就行了，伙计。"

"恭喜你。"埃提乌斯放开自己的奴隶，任他倒在地上喘着粗气。

"有必要这么做吗?"格兰姆问。

"我向来喜欢趁停战的空隙泡澡,况且我已经更衣了,不想让血弄脏衣服。"

格兰姆本想回复自己不是这个意思,但埃提乌斯已经转向自己的奴隶,若无其事地说:"我今天要在胸甲下面穿金红色的衣服。"康苏斯脸色惨白,冒着冷汗,起身鞠了一躬,便仓皇赴命去了。

可怜的家伙,格兰姆心想。

"药效快得惊人,"埃提乌斯说,"难道不是魔法?"

"不,统帅,绝对不是。这是科学。"

"这个神奇的药膏里面都有什么呢?"

"呃……"格兰姆绞尽脑汁,"里面有十一种秘制的药材和香料,五十七种……呃,大豆……"

"这不重要。"他短暂地停顿了一下,"时间不多了,我要你治疗另一名病人,他的病情十分严重。如果你同意医治,便会得到奖赏,否则会挨鞭子。"

"你真好心。"格兰姆挺直胸膛,掸了掸长袍,"其实,我也需要你的帮助。"

"哦,是吗?"埃提乌斯低沉的嗓音陡然升高,"我该怎么帮你?"

"我在几英里外的树林里跟三个同伴走散了,现在需要找到他们。"

埃提乌斯撇了撇嘴,"你也许不知道,我即将奔赴有生以来最血腥的战役。我的军队已经在平原上抢占先机,随时准备击溃三十万匈人。在这个时候,你却希望我分散兵力,在乡间搜寻三个走丢的不列颠人?"

"没错,因为他们面临危险!我曾在树林里看见活死人起身战斗,而且那儿还有匈人——"

"根本没有什么活死人!"埃提乌斯呵斥道,"这都是谣传。"

"哦,是吗?那迷烟军团又是什么呢?维特斯和他的同伴也是谣传吗?"

埃提乌斯瞪大了双眼,"你不可能知道这些事情!"

"我还知道坦崔姆在帮助匈人。"格兰姆反驳道,无处宣泄的情绪涌上心头,化为愤怒,"你想假装女巫跟一切毫无关系,是不是?"

帐篷另一头的康苏斯瞪着格兰姆,仿佛看见他长了两颗脑袋,而且一颗也不想要了。格兰姆咂了咂舌,心想自己说过头了。

"我倒想听听你的解释。"埃提乌斯缓缓开口道,"一个来自不列颠的医师怎么知道这些异常危险的事情?"

格兰姆挤出一个带着歉意的微笑,"大多数都是在逃跑的路上知道的。"

"但愿如此。时间紧迫，罗马的未来和整个文明世界命悬一线，你必须帮我解决一个棘手的难题。"埃提乌斯的脸上浮现出一抹微笑，但眼中没有笑意，"别紧张。"

## 16

"一千年……"莱恩不想再看见坦崔姆那张阴鸷的脸,合上了《西比尔神谕集》,"她怎么可能活这么久?"

"也许坦崔姆会冬眠,"莉丝说,"或者会易容?也许她们只是外表酷似。"

"又或者,她耐力非凡。"莱恩说,"你是怎么得到这一卷的?"

"神庙关闭后,军团收缴了这三卷书。"莉丝耸了耸肩,"当时,预言的内容已经到了结尾,坦崔姆也早已离开罗马了。"

"她们去了哪儿?"

"军团发现与她们相似的形象出现在陶罐和挂毯上,非洲、不列颠、欧亚大草原等地都有她们的身影。"莉丝拍了拍卷轴,"也许,女巫也在别处作了预言。"

"她们真的可以预见未来吗?"

"她们从不预言自然灾害,比如,摧毁奥斯提亚港的大风暴,或者维苏威火山的爆发,但她们预言了安东尼瘟疫——疫情最严峻时,每日死亡人数高达两千人。她们好像还预言了西哥特人洗劫罗马、萨姆尼特人的战争、马其顿战役等等。"

"这些战争规模庞大,"莱恩总结道,"死亡人数众多。"

"虽然其中一些预言晚了几年才实现,但大多数都十分精准。"莉丝再次打开卷轴,浏览着上面的内容,"她们预见到,在第一次萨姆尼特战役打响后,人们将在利里河中发现神奇的种子。这种农作物在贫瘠的土地上也能生长,足以养活世世代代的人民。如果在几处特定的地点播种,罗马帝国将永远辉煌。后来,帝国派出的斥候果然找到了种子。"

"所以,坦崔姆不只是预测未来,"莱恩说,"更像在引导未来,从而导致事件发生。如果坦崔姆能活这么长时间,她们就可以先作出预言,再自己发动战争。"

莉丝缓缓点头,"我也是这么想的。现在,她们掌控着各个军事强国,甚至不屑于暗中操纵了。"

"那些农作物还在喂养百姓吗?"

"是的,已经持续了好几个世纪。"

"总而言之,你们一边吃着她们提供的粮食,一边替她们打仗。"莱恩看着她,"但这一切是为了什么?"

突然,墙壁传来一阵摩擦声。

"快躲起来。"莉丝把莱恩拉进壁龛,旁边的架子上堆满了卷轴。两人挤在逼仄的空间里，但莉丝的脸上并无暧昧之色。

然后，他们听见那扇隐蔽的大门缓缓打开了。

亚兹跟着博士穿过营地，心中对迫近的厄运升起了不祥的预感。人们一看见首领归来，全都欢呼了起来。阿提拉露出灿烂的笑容，挥动手臂，彰显出尊贵的威严。他经过时，男男女女都加倍卖力地工作，迫切地展现出忠诚的态度。目之所及，整座营地的匈人都投身于战务，一双双眼睛流露出凶悍的神色和强烈的求生欲。有的在擦拭兵器，磨利剑锋；有的在缠绕弓弦；有的用金属护甲加固战服，为头盔添加内衬；有的则给马鞍镶上新的皮革。马童悉心照料着全副武装的战马，就像维修站的技工在给跑车做保养一样。铁匠抡起锤子打在铁砧上，不祥的撞击声响彻营地，如同末日的钟声。

"做好准备，女巫们。"阿提拉往身后一瞥，"因克里已经在帐篷里等着了。"

眼前的景象顿时颠覆了亚兹对"帐篷"一词的认知。一座宫殿拔地而起，足足有四层楼高，美好得不真实。米色和红色相间的毛毡挂在厚木板上，组成了墙壁。高耸的金色柱子穿凿巧妙，支撑着房屋的整体结构。一面大旗在前方飘扬，上面绣着金黄的太阳和猩红的剑。双开门上装饰着白色的马尾和金色的圆球，球体个个都有亚兹的拳头那么大。两名赤裸上身的骇人大汉守在门口，脸上的疤痕比五官还多。他们头戴黑色的熊皮帽，上面各自点缀着一颗银色的星星。

"真豪华。"亚兹说，"我还以为是雨天在峰区[1]执行任务时住的那种帐篷。"

"确实是豪华露营。"博士赞同道。

门口的守卫低下头，块头更大的那个人汇报道："因克里在里面等您。"

亚兹望着博士，表情十分紧张，"我们终于要见到坦崔姆了。"

博士把一只手放在她的肩上，微笑着说："她真走运，是不是？"

阿提拉迈进巨大的帐篷里，融入室内的阴影中。帐篷里弥漫着香料和熏香的气味，但令人作呕的腐臭味儿仍然阴魂不散。

距门口大约两三米处摆放着一张占据了大部分空间的长桌，刻有精致雕花的椅子摆在桌边。椰子纤维制成的厚毯子铺在地上。窗户没有镶玻璃，而是覆着一层透明的薄膜。亚兹猜测那是由某种可怜动物的内脏制成的。在阴天的光线下，薄膜看起来像一块冰。几柄工艺精湛的利剑挂在墙面的厚毛毡上，其中，最大的一柄挂在体积最大、椅背最高的椅子后面——那显然就是阿提

---

1. 峰区国家公园，英国最大的国家公园之一，建成于1951年。

拉的王座。

亚兹眨了眨眼,突然看见一个佝偻的生物匍匐在上面,一缕缕白发垂下来,盖住了枯瘦、蜡黄的脸。

那人正是因克里。

# 17

亚兹一看见坦崔姆,就吓得毛骨悚然。周围的腐臭味儿变浓了,这让她油然而生的恐惧越来越强烈。王座上的女人面部歪斜,双眼浑浊,但闪着金光;一簇睫毛从凸起的下眼睑处伸出来,就像一道细长的疤痕挂在皱巴巴的脸上;她咧开没有牙齿的嘴巴,形状如同地面被炙烤而产生的龟裂。

阿提拉瞪着她,毫不掩饰内心的厌恶,"滚下我的王座,女巫。我们该算算账了。"

"哦,伟大的首领。"因克里一边笑着,一边扭动长长的手指,"我的魔法、力量和忠告让您得到了这个王座,带来了供您享受的荣华富贵。我们的账早就结清了。"

"对了,说到这里……"博士大步向前,笑容满面,准备跟她握手,"抱歉,阿提拉忘了介绍我。我叫博士,匈人首领的新顾问。我想检查你结清的账目。"

因克里完全无视了她。阿提拉发出了警告:"博士,这是我的私事。请你保持安静。"

"是吗？我可不这么觉得。"她继续说，"也许，我不太能像这位迷人的朋友一样预测或操纵未来。你来自哪里，因克里？你不是地球人，对不对？"

"她来自死后的世界。"阿提拉向前走了几步，"她窃取了伟大战士的灵魂，用以操纵他们的身体。"

"更准确的说法是，她能操纵和修复人体的坏死组织。"博士说。

阿提拉听不明白，沉下脸来。亚兹立刻解释道："坦崔姆对付起死者来很得心应手。"

"死者是坦崔姆献给您的另一件礼物，我的首领。"因克里旁若无人地说，"他们的力量会加持您的宝剑，甚至帮您消灭敌人。"

"没错，但你的姐妹赐予了敌人相同的礼物！"

"是的。"因克里坚定地望着阿提拉，"这些年来，我一直抗衡着她们的力量，让匈人得以与敌人一较高低。"她停下来喘了一口气，"试想一下，如果没有我的帮助，又将发生什么？"

"无耻之徒！"阿提拉走上前，一把攫住女巫的胳膊，将她整个人从王座上拎了起来。"我现在拥有其他女巫了。"他朝博士和亚兹点了点头，"她们的魔法不会把死者变成怪物。"他把干瘪的女巫扔在王座前面的地上，"匈人从不在战场上退缩。自打一出生，利剑就刺破了我们的脸颊。在喝母乳之前，我们已经品尝了疼痛和鲜血的味道。如果死亡会把我们变成怪物，哪个士兵还敢冲锋陷阵？"

"您缺乏信仰，阿提拉。"因克里一边缓缓起身，一边低声说话，嗓音如同沙沙的落叶，"很久以前我曾告诫过您——在此之前还告诫过您的父亲——在这场战斗中，只有当死者的数量超过生者时，匈人才能迎来最终的胜利。"

"谁的胜利？"博士仍然紧盯着坦崔姆，"凡事都有两面性，是不是，因克里？你和你的同胞通过提高士兵的战斗力，'帮助'各位统治者实现其目标。你们扩大了战争规模，升级了武器，还增加了伤亡人数。"她凑了上去，"我想知道，你们究竟来自哪里？在这里做什么？"

"你们一共有多少人？"亚兹说。

"问得好，亚兹！哦，这是我的闺蜜亚兹。你有闺蜜吗？"

那具憔悴的躯体忽然凭空消失了，仿佛现实世界的时间线遭到了剪辑。眨眼之间，那张阴鸷的歪脸直直地出现在亚兹面前，瞳孔发亮，口气腥臭。"亚兹……"因克里薄唇颤抖，仿佛在咀嚼文字，笑容也更放肆了，"希望我将来有机会深入地了解你。"

女巫张大空洞的嘴巴，似乎要哈哈大笑、发出尖叫，或者一口吞了亚兹。

亚兹大喊一声，背朝桌子倒了下去，浑身颤抖。博士冲向她，眼睛睁得大大的，"怎么了？你还好吗？"

"我……不知道。"亚兹发现因克里站在王座前笑容诡异地直视着自己。"奇怪，我明明看到她动了，但没听清她说了什么。"

"你能再重复一遍吗？"博士一边冷冰冰地看着因克里，一边搀扶亚兹坐进椅子里，"你呢，阿提拉？你听见什么声音了吗？"她走向匈人，发现他一动不动，黑色的双眼失去了神采。她在他面前挥了挥手，但后者毫无反应。"陷入轻度昏迷了？"博士疑惑地说。

与此同时，亚兹脑海中的图像也凝固了。博士注意到同伴恍惚的神情，"哦不！你也中招了吗，亚兹？"

因克里声音尖厉，插话道："现在，我们可以敞开交谈了，博士。"

博士转过身，发现坦崔姆已经悄然移至自己身后。她没有畏缩，"放了亚兹。"

"时候到了我自然会放。"因克里回答道。

"你的魔法真是令人佩服，我是不是应该表现出呼吸困难或者神魂颠倒的样子？"博士扮出一副中了昏迷咒的样子，瘫倒在椅子上，双脚重重地搭在桌子上，"既然坦崔姆可以操纵死者，自然也能让活人的大脑停摆。你使用了低级心灵感应，对吗？这种能力足以控制一群鸟儿的行动，或在人的大脑里植入一两个想法。"

"你显然不是这个世界的人,"因克里轻柔地说,"为什么要在乎人类呢?"

"也许是因为,在我遇见的所有生物中,人类是最有生气的。"博士把脚从桌面上放下来,身体前倾,"其实,我不仅在乎这颗星球上的人类,正巧还要保护他们。"

"人类只会随心所欲地向彼此开战。"

"可他们也会自由自在地相爱。他们是为自己的信念而战——无论错得有多离谱——我不能为此拯救他们,但是,因克里,我能从像你们这样的生物手中拯救他们。"博士站起身,双手伸进口袋,弯腰直到两人的视线齐平,"你们好像在布一个大局,不仅渗透进权力阶层,还拼命屠杀人类。不好意思,我必须在今天结束前阻止你们。事实上,我不觉得不好意思。你猜怎么着?在我亲自动手前,我想给你们一个机会收手。"

"学小孩子吓唬人吗?"她直视博士的双眼,"你对我们一无所知。"

"我才不是小孩子。你们对我也太不了解了,哪怕你们之前已经费了很大工夫想窥探我的潜意识。"

"与我们长达数千年的生命周期相比,"因克里看起来乐在其中,"你还觉得自己不是小孩子?"

"看来我们根本不了解彼此,不如轮流猜一猜?"博士突然露出笑脸,"我觉得坦崔姆之所以四处挑起战争,是因为你们以恐惧、仇恨和愤怒等精神能量为食。我猜中了吗?"

"差远了。"亚兹突然开口,就像打了个哈欠,"非常远。"

博士对女巫摇了摇头,"你不准这样做。"

"不准?"因克里凶恶地低语道,"轮到我了,我觉得你非常在乎自己的同伴。"

"猜得真准。如果再对我的任何一个同伴下手,你们的下场会很糟糕。"

"你以为我们害怕跟你开战吗,博士?"

"喂,犯规了!你不能连续猜两次。"

"你会发现我们对死亡无所畏惧。"因克里回到了原位,仿佛从未移动过。转瞬间,阿提拉面露疑惑,似乎被解开了咒语,亚兹则仍然凝神沉默。

"休息好了吗,首领?"女巫的语气听起来十分阴沉。

"你居然让我睡着了!"阿提拉怒吼道,双手拍打着太阳穴,"女巫,不准你再对我使用魔法。"

"过了这么多年,我已经十分了解您了,潜进那愚蠢的小脑瓜简直太容易了。"她咯咯一笑,又用干涩沉郁的声音说道,"您怎么知道哪些思想是自己产生的,哪些是我强加给您的呢?"

博士感到不安——为什么她要激怒阿提拉?

"我警告你，女巫。"阿提拉的声音响彻整间屋子，如同黄蜂的嗡鸣。他锐利的双眼凝视着她，"博士拥有你和你的姐妹无法匹敌的力量，我可以凭借这种力量摧毁你们、埃提乌斯和他的鬣狗，而且没有人会死而复生。"

"不，他们会的。"眨眼间，因克里出现在了他的面前。她发出狞笑，肌肉在松垮的皮肤下不住地颤抖，声音则化为诡异的低吼，"你会带我们回来的！"

阿提拉本能地拔剑出鞘。

"不要！"博士喊道，冲上前去。

但已经迟了，阿提拉的剑砍进坦崔姆瘦削的脖子，一道刺眼的光从她那干瘪的身躯中射了出来。网格状的亮光穿透帐篷，如同一张蛛网笼罩在战场上空。

"我……我杀了她。"阿提拉说。

"你的确动手了。"博士跑出去，正巧看见亮光如烟花般消散。门口的守卫仰望天空，面露疑惑。

"哦，我的脑袋……"亚兹跌跌撞撞地赶到博士身边，"刚才怎么了？我能听见声音，但看不见任何东西，好像被关在了自己的脑袋里一样。外面似乎有某种……饥饿的东西。"

博士抓住她的肩膀，"一切都结束了，至少现在没事了。"话音刚落，天空中突然闪耀着跟前夜相同的诡异光芒。

"哇哦！"亚兹惊叹道，在耀眼的光芒下挡住双眼。

"又出现了。"博士看起来忧心忡忡,"难道她临死前撂下的狠话是真的?"

"我可以理解为什么她们要在晚上放光,因为周围太黑了,光线能帮助战士打仗。但为什么坦崔姆也要在大白天制造亮光呢?"

"因为光线还能促进生长。"博士望着亚兹的双眼说。

"够了,博士。"阿提拉走到她面前,眼珠如同蝇虫一般漆黑,"为了保证你乖乖配合,我将派人看守亚兹,敢忤逆就受死吧。"

博士翻了个白眼,"你想让我用强大的魔杖帮你打赢这场仗?"

"我要使用那根摧毁了树林的水晶魔杖。"

"我之前说过,力场发电器已经坏了,没有能量了!"

"你可以用另一根魔杖把它修好。不管怎样,如果你企图对付任何匈人或者逃跑,抑或有任何触怒我的举动,我都会杀了亚兹,无论她是不是女巫。"他笑着说,"现在,坦崔姆已经死了,无法重归人世。"

"听上去你对此有十足的把握。"博士继续仰望闪耀的天空,回想起因克里说过的话,"只不过,你怎么知道哪些思想是自己产生的,哪些是坦崔姆强加给你的呢?"

## 18

格兰姆谨慎地望着躺在花纹织毯上的病人,那是一个精瘦的男人,四十来岁,白发松垂,肚子上有一道很深的伤口。他脸庞圆润,鼻子瘦削,伤口的剧痛让他皱着眉头,紧闭双眼。突然,那个男人猛地咳嗽起来,连连呻吟,辗转反侧。格兰姆移开视线,这才发现他的左膝已经肿胀、溃烂了。

格兰姆的脑海中不合时宜地响起了《法医昆西》[1]的主题曲。"开始吧,"他低声说,"趁他还没死。"

"真是精准的诊断。"埃提乌斯讽刺地说,"快开始吧。在你面前的可不是什么普通的高卢病人,而是狄奥多里克[2]。他的追随者都很担心他,我可不能让这位国王死在这里!"

这就是对待皇室病人的态度,格兰姆腹诽道。他看了看自己脏兮兮的双手,"我要先洗一下手。"病人的地位太高,平民不能觐见,因此,埃提乌斯让格兰姆假扮成贵族,用精致的皮氅盖

---

1. 美国悬疑医疗剧,首播于1976年。
2. 狄奥多里克一世,西哥特王国的国王,418年至451年在位。

住那件窃来的长袍,然后由伟大的罗马最高统帅亲自护送至此。兽皮缝制的帐篷上钉着五颜六色的鲜艳饰带,地上摆放着花环和刻有治愈祷文的石板。格兰姆走近病人身边的石盆,发现里面的液体浑浊不堪,还漂浮着某种物体,"这是什么?"

"我们用未经清洗的羊毛织物浸泡红酒和醋,处理了他的伤口。"

"这是哪个庸医出的馊主意?"

"我的私人医师,"埃提乌斯冷冰冰地说,"他根据普林尼[1]的著作下的医嘱。"

"好吧。"格兰姆叹了口气,取出小罐子,"不管怎样,狄奥多里克国王怎么会变成这样?"

"我们进攻奥布河的匈人防线时,他的腹部被长矛刺伤了。"埃提乌斯不耐烦地踱着步子,"西哥特人的女巫说自己无法拯救他,还说他的人民将乐于见到国王死而复生。不过,狄奥多里克本人不太想变成体内藏着恶魔的行尸走肉。既然魔法不能拯救他,我便试试科学方法。"

"方法就是使用未经清洗的羊毛织物?难怪你的士兵之前在寻找医疗补给品。"格兰姆熟练地抹着药膏,"只不过我不明白,西哥特人就像匈人一样,他们为什么愿意跟你们结盟,而不

---

1. 盖乌斯·普林尼·塞孔都斯(23—79),古罗马作家,以《自然史》一书著称。

是跟阿提拉呢？"

"我们也许讨厌彼此，但更厌恶阿提拉。如果没有人反抗，他的军队将肆无忌惮地扫荡高卢和其他地区，把整个世界踩在脚下。"埃提乌斯看起来一脸沉重，仿佛将整个帝国的重担都扛在了肩上，"一旦阿提拉和他的女巫战胜罗马帝国，噩运和混乱就会践踏罗马的优良秩序。数世纪以来的文明和文化将遭到摧残，取而代之的只有鲜血、烈火和尘土。"

"如果没有西哥特人相助，罗马人就无法阻止阿提拉吗？"

"罗马军队弱小无序，无法抵御西哥特人和其他日耳曼部落的侵略，所以我赐予他们安居的土地，并签订了商贸协议。阿提拉进攻高卢时，他们面临两个选择：要么同罗马人并肩作战，要么让匈人毁灭自己的乐土。最终，他们选择了罗马。不过，我曾和这群野蛮人一起生活、战斗，所以了解他们的性格——今天同意结盟，明天也许就会背叛我。"

"无论如何，他们的帮助是有条件的，对吗？"格兰姆用手指刮干净罐底的药膏，把它敷在国王的膝盖上，"我知道为什么你这么想治好这个家伙了。如果你救了西哥特国王，他将欠你一个很大的人情，对不对？"

"你已经知晓了我的计划。"埃提乌斯勉强笑了笑，"我可以做到坦崔姆做不到的事情。"

"你认为他会抛弃女巫，转而选择跟你站在一边。"

"希望如此。匈人本身已经十分强大,现在还拥有了坦崔姆的帮助。"他怒容满面,"她们破坏了战争,使战斗日益疯狂、血腥,最终无人获胜……"

狄奥多里克一边呻吟,一边滚来滚去,绷直了腹部的肌肉。格兰姆看见伤口正在迅速愈合,如释重负地松了口气,"看来,国王终于赢得了自己身体的战斗。"

"够了,伙计!"帐篷外突然传来第一百夫长的声音,"你既然领了士兵的薪水,就得有士兵的样子!"他奉命守在门外,不让任何人进入帐篷。

"你当时不在现场,长官。你没有看见那样的画面!"

狄奥多里克的呻吟轻柔了不少,但他仍然备受煎熬。埃提乌斯掀开帐篷的门帘,"百夫长,为什么外面有人吵闹?"

一个气喘吁吁、被百夫长抓着的年轻士兵汇报道:"长官,我必须提醒您,阿提拉找到了新的女巫,而且比坦崔姆更加强大。我看见她了!"

埃提乌斯示意百夫长放开士兵,"解释一下。"

"斥候看到阿提拉还活着,便让我们埋伏在他返回匈人营地的路上。他的新女巫有一根能够攻击刀剑和盔甲的魔杖,我只是轻轻挨了一下,就被扔上天了!"

格兰姆默默想象了一下这幅画面。"呃,她是不是留着金发,身上有道彩虹?她身边有没有一个漂亮的姑娘?"

"她的身边有一个深色皮肤的女战士。"

"那就是博士和亚兹！她们没事！"格兰姆的笑容逐渐凝固，"等等，她们和阿提拉在一起？"

"对，另外还有一个活死人战士，他杀害了三个罗马士兵。他们死而复生后，跟着我回到了营地。"士兵不住地点头，仿佛脖子是由橡胶制成的，"这个新女巫还夷平了树林。"

埃提乌斯瞪着他，"她做了什么？！"

"她把树林的整个西北角全都夷平了，连草都拔光了。"

"最后一次扫荡树林的士兵证实了这个说法，长官。"第一百夫长补充道，"他们声称整个高卢都在震动，树木被连根拔起，就像狗背上的跳蚤一样上下跳动。"

"看来，"埃提乌斯对格兰姆责问道，"她们就是你要找的同伴？"

格兰姆在那双冰冷的蓝眼睛的怒视下畏缩了，"是的，长官。"

"你打算为博士的行为做出怎样的科学解释，不列颠人？"他摇了摇头，开始踱步，"我竟然会相信你的药膏不是魔法，我真傻！我猜，你的同伴正在用她的超自然力量帮助阿提拉准备战斗吧？"

"她不会帮助匈人的！她一定是他们的囚犯。"

"作为我的囚犯，你已经完成了我吩咐的事情。"

"这不一样!我在试着拯救一个人的性命!"

"对,你自己的性命。"埃提乌斯的视线越过平原,遥望匈人营地的模糊人影,"你的同伴给我准备了什么惊喜?"

第一百夫长进言道:"您仍然计划抢在匈人之前拿下山丘吗,长官?斥候汇报说匈人已经在整顿兵力了。"

"告诉斥候等待我的命令。"埃提乌斯说,"我要去见狄奥多里克的儿子,他会感谢我拯救了他父亲的性命。"

"是我救了他!"格兰姆抗议道。

"是我命令你救的。"埃提乌斯笑着回答,"无论如何,我做到了坦崔姆做不到的事情。另外,我会留意你的同伴博士,确保她不会给予阿提拉相同的帮助。"

格兰姆感到不安,"你是什么意思?"

埃提乌斯没有理睬他。"把这个男人关进我的帐篷。"他告诉百夫长,"任何人都不得与他见面。"

"我们说好了的!"格兰姆在他身后喊道,"等我救了那个家伙,你就帮我找到我的同伴!"

可是,埃提乌斯已经走远了。格兰姆得到的唯一回答,便是第一百夫长的命令:"走吧。"他的刀刃随之架在了格兰姆的脖子上。

# 19

莱恩屏住呼吸，跟莉希尼亚一起挤在壁龛里。一个黑影谨慎地走进迷烟军团的秘密大厅，地上响起了有节奏的脚步声。幽深的灯光变亮了。

"我累坏了。"莱恩听见一个低沉的声音，还有头盔砸在祭台上的撞击声，"我在树林里和三个非常奇怪的匈人打了一架，差点没能脱身。我跟丢了目标，对话盒子也坏了。所以，你别从壁龛里跳出来吓唬我，莉希尼亚，我现在真的没有心情开玩笑。"

"这都是他的主意。"莉希尼亚说着，把莱恩推进了大厅。后者跟跟跄跄地走出壁龛，差点脸朝下摔在地上。

莱恩抬起头，看见一个迷人的金发男子正俯视着自己，对方大约二十来岁，"你是维特斯，对吗？"

"没错。"维特斯凝神注视着莱恩。他看起来正是莱恩在学校里讨厌的那类学生——一副运动员的体格，相貌英俊——这种人的存在只会让自己显得笨拙和愚蠢。自从跟博士一起旅行后,莱恩逐渐意识到自己只是在妄自菲薄,但走出自卑情结并非易事。

"你跟丢的目标是格兰姆吗?"莱恩久久地望着他,"他还好吗?"

"死去的匈人正在树林里漫步,我估计他的处境不太好。"

"精神死亡?"莉丝把某种液体从一只布满灰尘的长颈瓶中倒进小碗,"还是肉体死亡?"

"死了就是死了。"维特斯一口喝光碗里的东西,咂了咂嘴,"我们得报备一下,莉丝。"

"什么?喝酒也要报备吗?"

他没有接她的话茬,"我想带你出去亲眼看看,但你好像很忙。"莱恩觉得他的脸上浮现出讥讽的笑容。"这个人对你的调查有帮助吗?"

"何止有帮助!"她绕到莱恩身后,戳了戳他的后颈,"你不会相信的,维特斯,莱恩是坐塔迪斯来到这儿的。"

维特斯嗤笑道:"你的蓝盒子瘾又犯了?"

"塔迪斯真的是一艘太空飞船!而且,莱恩还认识博士!"

"没错。"莱恩感到一丝难为情,"我们得找到博士、亚兹和——"

"既然你乘坐过太空飞船,那一定很熟悉外星机器吧?"维特斯掏出一块扁平的方形金属,看上去跟莉丝的对话盒子很像,

"你能把它修好吗，莱恩？"

"你以为全宇宙的机器都产自同一家公司吗？"莱恩说。他心想，等下次跟随博士前往 17000 年的时候，我得问问有关苹果手机的事情。他检查了一下金属块，又按了按侧面的开关，但对话盒子没有反应。维特斯发出了傻笑。马上让你笑不出来，莱恩心想。

既然无计可施，莱恩干脆举起对话盒子，将它砸向祭台。砸了三次之后，屏幕闪出了蓝光。瞧好了，四肢发达的家伙！他心想。

"在塔迪斯里，我们管它叫通信器。"莱恩一边告诉维特斯，一边沉着地将对话盒子递还给他，"好了，你想听听我们对坦崔姆的看法吗？"

可是，维特斯没有听他说话，莉丝也没有。他们一齐盯着震动的金属块。

"头儿打过来了，"维特斯说，"他想找我们谈谈。"

亚兹尽可能慢地走在博士身边，但汗津津、苦瓜脸的士兵却催促她们向前赶路，头顶的天空仍然闪烁着炫目的金光。亚兹被带往萨满巫师的聚集地，而博士则前往营地的边缘，以坦崔姆的帐篷为工房。等博士为阿提拉打造完最佳武器，自己将命悬一线。一想到这里，亚兹就浑身难受。

"这是件好事,真的,亚兹。"博士一如既往地保持乐观,"我可以好好搜查一番坦崔姆的老巢,寻找有关她们的身份、来源和目的等线索,而你则可以好好休息一下。"

"我不需要休息。"亚兹反驳道。就在说话的同时,她感到头晕目眩,大脑嗡鸣,仿佛有一周没睡过觉了。尽管如此,她还格外担忧格兰姆和莱恩。

阿提拉的扎营点地势较高,能够纵览集合的大军。士兵们整齐地排成队列,行军速度令人叹为观止。但可怕的是,他们将走向一场屠杀。

博士和亚兹在广阔的营地中穿行,路过升腾着蓝烟的营火,闻到了木炭、熟肉和脂肪的味道。一群饥渴的马儿在水闸隔开的河流旁挤成一团,如同蚜虫聚集在鲜嫩的葡萄藤上一般。各处都有奔波的奴隶,有的为主人背着水罐和酒壶,有的驮着加工过的熟肉。押送她们的士兵停下来,从腰带上解下半个椰壳,伸进水槽中舀了一勺水,然后把椰壳递给博士和亚兹。绿藻漂浮在漆黑的水面上,如同载玻片上被放大数倍的细菌,实在倒人胃口。好一勺霍乱病毒,亚兹担忧地想。可是,她仍然喝了下去,因为自己实在太渴了。

"这里是萨满巫师的居所。"一个矮壮的士兵说着,带领她们路过一块插在长杆上的马骨头——也许那是贤者的标志,就像红白蓝条纹是理发店的标志一样。一辆辆运货马车停在萨满巫师的帐篷前面，为他们行使神圣职权提供了隐私。六项由白色马皮制成的帐篷围成半圆形，中间是一座石头祭台，台面上有一堆灰烬。附近一个人也没有。

"谢谢你送亚兹过来，嗯……你叫什么名字？"

士兵咕哝道："比亚尔。"

"好的，比亚尔。我敢打赌，坦崔姆加入匈人的时候，萨满巫师的鼻子肯定都气歪了，对吧？"博士用手肘捅了捅他，"你应该告诉他们女巫已经被撵走了，而不是让他们在帐篷里生闷气。"

比亚尔摇摇头，"萨满巫师正在冥想。"

"冥想，没错。有时候，我生闷气也会装作在冥想。"

亚兹露出笑容，听见有人在帐篷内低声吟唱。

"我该走了！"博士说，"再见，亚兹，我会尽快回来的。对了，比亚尔，在我离开的这段时间，她必须毫发无伤，好吗？毫发无伤。"她转向押送自己的士兵，摇了摇挂在他腰间的刀柄，"走吧，我们得快点儿了。"

比亚尔瞪着亚兹，示意她坐在一捆干草上。她直接躺下来，闭上了双眼，感觉难受极了。卡塔劳尼亚平原的上空仍然在燃烧，可阿提拉的营地里没人知道个中缘由，除了一个生物。它正蹲在一具萨满巫师的尸体上，从帐篷内向外窥探。

博士环顾一圈坦崔姆的帐篷，叹了口气。帐篷是用熊皮缝制而成的，外面立着一根系有白色长发的标桩，里面则散发着浓烟和腐肉的臭味儿。在一片昏暗中，短粗蜡烛发出的光几乎无济于事。一张粗糙的工作台被药草和植物掩盖，台面上还摆放着一副臼和石杵、几块小动物的骨头，以及干瘪皱缩的不明物体——可能是人的头骨，也可能是变质的水果。

押送博士的士兵叫作卡森，是一个迷人的小伙子。虽然阿提拉下过命令，但他只在门帘外徘徊，显然极不情愿靠近坦崔姆的私室。博士想，这正是因克里和她的姐妹想要的威慑效果。

博士低下头，凑近一根像是由野猪骨头制成的支柱。"你发现什么可疑物品没有？"她一边问，一边看向骨头的黑色球窝。卡森只是一脸不满地守着她。

虽然博士不会以貌取人，但她觉得很多匈人天生长着一张苦瓜脸。她把桌上的叶子扫了下去，吓得卡森一激灵。

"这些都是布景！"博士喊道，"三流剧院才用布景吓唬人！这些东西不正符合人们对女巫老巢的想象吗？尽管这里的道具、气味和色彩完美还原了人们的假想，但跟实际情况毫无关系，一点也没有！"

"工作。"卡森低声说。

"没错，这里压根儿没有任何工作的迹象。"

"我是让你赶紧工作。"

"好了,我会工作的。阿提拉不就想得到一件无比危险和强大的武器吗?"博士把手肘撑在工作台上,"我的英雄偶像曾经说过,世界上再也没有什么比纯粹的无知和认真的愚蠢更危险的了。卡森,我要怎样才能让你明白呢?"

"你必须工作,否则我们会杀死那个深色皮肤的女人。"

"你瞧,我说的话马上得到了证实。"博士在帐篷里踱步,"这里有后门吗?"

"没有。"

"至少没有我们能看见的后门。"博士掏出音速起子,"除非我们非常仔细地寻找一番。"


亚兹辗转反侧,睡得很不踏实。她睁开双眼,感到头晕目眩。闪烁着金光的天空仍然笼罩着大地。她望向一旁,发现比亚尔已经厌倦了守卫工作,正在跟另一个士兵说话,后者正往马鼻子上涂抹某种黑色的液体。

"这是什么血,恰奇?"比亚尔问,"兔子的吗?"

"是的。这模样很可怕,对吗,比亚尔?马儿看起来就像生吃了罗马人一样。"

"或者一头撞在树上了。"

亚兹似乎瞥见恰奇和比亚尔的身后传来某种动静——一个

女巫朝这边看了过来。她留着一头乱糟糟的白发，干瘪的躯干上歪着一张皱巴巴的脸。虽然她不是因克里，但不知怎的更令人恶心。亚兹吓了一跳，移开了视线。等她再次看过去时，那里却只剩下两个士兵的身影。

比亚尔举起戴在脖子上的金色护身符，"你也应该戴一个。这块护身符拥有魔法，可以保护我。"

这时，亚兹看见坦崔姆再次闪现，瞬间惊呆了。女巫披着破旧的黑色亚麻布，站在恰奇身后，闪光的双眼却凝视着亚兹。她爪子般的双手各握着一把刀。比亚尔为什么没有看见她呢？亚兹张开嘴想提醒士兵，却发不出声音。

恰奇朝比亚尔拔出了剑，"让我看看护身符是怎么护你周全的，这把剑已经杀了一百人！"就在他喊叫时，马儿发出一声嘶鸣，直起前腿，将鼻尖的血喷在了他的肩上。

比亚尔笑着说："也许我应该把护身符卖给你，对不对，恰奇？你的马竟然保护了我！"

当坦崔姆将匕首捅进比亚尔的背部时，他仍在笑个不停。然后，她的另一只手从恰奇的脖子前面划过。随着咔嗒一声，脑袋向后落下，两个士兵都瘫倒在地。亚兹想发出尖叫——既出于恐惧，又为了警告他人——但仍无法出声。鼻子上血淋淋的马儿孤零零地站在原地，茫然失措，对身边的坦崔姆毫无察觉。女巫朝亚兹露出了幸灾乐祸的笑容。

她转身想跑,却发现身着破烂长袍的男人走出了白色帐篷,喉咙还淌着鲜血。他们张开双臂拦住她的退路,一齐轻声吟唱:"万物归于大洞穴,在我体内生长,万物归于大洞穴……"

亚兹再次转身,看见坦崔姆在自己的视线中若隐若现。突然,苍老的女巫蓦地出现在她眼前,满是皱纹的歪脸近在咫尺,还发出了咯咯的笑声。亚兹吓得往后一退,翻过干草垛,随即狂奔起来。她绕到帐篷后面,想跑回阿提拉的宫殿。可是,另一个坦崔姆突然从帐篷里走了出来——正是因克里。

亚兹努力将女巫推开,但她一碰到对方的衣服,就感觉里面瘦削的身躯如同磁铁一般吸引着自己。她动弹不得,也没法儿挣开束缚。因克里握住她的手,没有牙齿的嘴巴露出戏谑的笑容。另一个女巫将手放在亚兹的肩上,手指伸进了发梢。冰冷的气息扑在她的后颈上,腐烂的臭味儿令人作呕。骨瘦嶙峋的两副身躯像老虎钳一样紧紧压着她。

就在这时,因克里举起匕首,刺进了同伴的肩膀。亚兹迷惑不解,以为因克里改变心意,打算拯救自己。然而,一束金光瞬间包裹住她,光轨向外发散,直达苍穹。亚兹低下头,发现双手变成半透明的了。她意识到,她们受伤后不会死亡,只会释放体内的某种能量。不过,那是什么能量呢?

"博士!"亚兹终于喊了出来,但她的声音淹没在了女巫的咯咯笑声中。

## 20

博士用音速起子检查了一番帐篷,"我找到刚才说的后门了,卡森。"

士兵怒目而视,没有搭腔。

"你猜怎么着?我在不同波段都发现了瞬间移动的痕迹。也许,天上的金光暴露了坦崔姆的踪迹,她们真正的老巢藏在云层里,就像给碰碰车提供能量的吊顶系统一样。"她喘了一口气,提高音量,忽然来了兴趣,"没错,碰碰车!也许,坦崔姆只是某种情绪——比如仇恨——的载体,或者外星意志的具象化产物。"她蹦蹦跳跳地说,"身体裂开后,她们将传送回坦崔姆的飞船,以备再次传送到地球的任何地点!你觉得呢?"

"工作。"卡森说。

"没错,"博士身后传来令人毛骨悚然的低语,"工作。"

不祥的预感闪过博士心头,她还没转身,就闻到了空气中腐烂的酸臭味儿。卡森的苦瓜脸失去了神采,像之前在帐篷里的亚兹和阿提拉一样毫无反应。因克里回来了。

"你说的工作是让我出其不意地逃跑吗?"博士对形容枯槁的女巫露出灿烂的笑容,"谢谢你帮我'关闭'卡森,我现在就走。"

因克里一把抓住她的肩膀,"不准你再继续窥探我们的秘密,博士。你必须遵从阿提拉的命令,用你的科技帮他制造武器。"

"当然,这是你求之不得的事情,因为武器会让这场屠杀变得更加血腥。"博士说,"就像你之前的行为那样:先让阿提拉与军队隔绝开来,再鼓动士兵前去寻找他,最终导致大量匈人的死亡。你们为什么要干涉人类的战争?你们想从无意义的杀戮中得到什么?"

"生命。"因克里低声说,"现在,亚兹的生命已掌握在坦崔姆手中。我们会替阿提拉遵守诺言,手段也会更加残忍……那可是阿提拉远不能及的。"

坦崔姆苍老的双眼射出火光,从中显现出亚兹苦苦哀求的脸庞。博士顿时浑身冰冷,"放了她!"

女巫露出微笑,"等你完成工作,我们就会放了她。"言毕,她转向已经恢复正常的卡森。士兵拔剑出鞘,她再次裂成无数道光线。博士别开脸,但仍然听见了可怕的哀号。

"逃得真快。"博士面带笑意,检查了一下音速起子,"但也不是没留下一丝痕迹。"

"工作。"卡森说。然后，博士立刻埋头忙活起来。

格兰姆坐在埃提乌斯的帐篷里，身上仍然披着毛茸茸的皮氅，双手却被捆住了。奴隶康苏斯看守着他，两人中间隔着巨大的黄铜浴缸。真想泡个热水澡啊！格兰姆心想，不过得换一下水，现在的浴缸里面装着一摊血泥。

那么，横竖泡不成澡了，我还能做什么？逃跑，他告诉自己。大战在即，谁有心思盘查一个身着精致皮氅的阔绰贵族呢？

隔壁的帐篷里，埃提乌斯正和狄奥多里克密谈。国王已经基本康复，准备参战。"虽然很感激你让我活了过来，弗拉维斯·埃提乌斯。"狄奥多里克说，"但你不能让我在开战前抛弃坦崔姆！"

"我只是请求你禁止女巫召唤死者参战，难道她们不听从自己国王的命令吗？"

格兰姆一直在偷听他们说话，知道自己必须赶在对话结束前行动。"呃，康苏斯，想让我帮你去除伤疤吗？我还剩了一点儿药膏，情愿用在你身上，也不想被你主人抢了去。"

奴隶看起来闷闷不乐，但还是点了点头，"好的，谢谢你。"

格兰姆一边笨拙地伸手掏出小罐子，一边侧耳倾听隔壁的外交会谈。

"战壕里塞满了自言自语的尸体。"埃提乌斯说,"如果知道自己会落得这般下场,哪个士兵还愿意搏命一战?"

"但愿有吧,否则无论匈人是死是活,都将摧毁我们。"狄奥多里克回答道,"更何况,现在阿提拉找到了一个更强大的新女巫。"

"我监禁了一个认识新女巫的人。"埃提乌斯的声音平稳有力,没有透露所有信息,"战争拉开序幕后,我的刺客会带他潜入阿提拉的营地,让他成为杀死新女巫的诱饵……"

"哦,不。"格兰姆感觉血管内的血液都凝固了。他打开盖子,发现里面只剩一点儿药膏了,但康苏斯没必要知道。"给你。"他把敞开的罐子投进了洗澡水里,"抱歉!我没扔准,对不起……"

按照计划,此时奴隶应该在浴缸中打捞罐子,格兰姆则趁他不备从旁边猛冲出去。可是,康苏斯只是面露沮丧,忧郁地望着水面。

"你……呃……你不想把它捞出来吗?"格兰姆缓缓起身。

奴隶看都没看格兰姆一眼,仍然盯着浴缸,脸庞因为恐惧而逐渐扭曲。

格兰姆也看向浴缸,"哦,天哪!"浑浊的血水翻滚起来,一个坦崔姆不可思议地从浴缸里冒了出来,鲜血和秽物从蓬乱的头发里滴下,落在她脸上。她看着格兰姆,黑色的瞳孔中闪烁着一团金光。

"你想洗个澡吗?"格兰姆试着开口道。

坦崔姆用鳞峋的手指握着小罐子——不知何故,它把她引来了这里——又把一根手指贴在唇上,仿佛在品尝味道。"你带来了遥远太空中的科学技术。"尖厉和低沉的声音同时传出,"你想干预我们重生。"

格兰姆摇摇头,"不是我,伙计。"

她看了看康苏斯,又恼怒地转向格兰姆。"确实是你在扰乱我们。"她低声说,"你必须被移除!"她散发着威胁的气息朝格兰姆迈了一步。

不,你不能移除我!格兰姆心想。他冲上前去,想用肩膀撞倒女巫。不料,他被一团破布绊了一跤,迎面撞上了女巫的脸。随着破裂的声音,她的鼻子陷了下去,脸上也飞溅出难闻的泥土。格兰姆的膝盖撞在厚重的黄铜浴缸上,整个人摔倒在地,把女巫也带出了浴缸。

她被格兰姆压在身下,像凶恶的野兽一般张开血盆大口,仿佛要把他吸进去。她不断扭动,像狗一样喘气流涎,爪子般的双手掐着他的后背,在肉里越陷越深。

格兰姆还没来得及发出尖叫,便意识到坦崔姆有麻烦了。她的身体忽动忽停,惨白的皮肤逐渐起泡、剥落,奇怪的眼珠往上翻了翻。格兰姆赶紧推开她,滚到了一旁,看着她像高压锅的锅盖一样抖动，最后化为一道光芒和发亮的灰烬。

格兰姆眨着眼睛，惊诧不已，想搞清楚刚才发生了什么，但已经没有时间了。隔壁帐篷里，模糊的交谈声还在继续。康苏斯呆立在原地，盯着坦崔姆刚才倒下的地方。

"就当我救了你一命吧，伙计，不用谢。"格兰姆迅速从奴隶的腰带上拔出匕首，递给了他，"现在，赶在其他女巫过来之前，快帮我松绑。"

康苏斯照办了，使劲锯着格兰姆手腕上的捆绳，直到绳子断开。"我已经换上埃提乌斯的长袍了。"格兰姆带上兜帽，遮住自己的脸，"如果你跟我一起出去，士兵会把我当成出门散步的埃提乌斯。你带我到营地的出口，怎么样？"

康苏斯犹豫了，磨蹭地望了一眼坦崔姆在地毯上留下的痕迹，那玩意儿又黑又湿。然后，他飞快地点点头，"我要逃跑。"

"我们一块儿跑，伙计。"格兰姆笑着拍了拍他的后背，"除了禁锢自由的枷锁，我们别无所失，不是吗？"

随后，他们离开了帐篷。格兰姆一边逃跑，一边暗自希望自己没有说错。

## 21

亚兹醒了,但仍然阖着双眼。她闻到泥土和腐烂物的气味,瞬间惊恐地以为自己被活埋了。周围一片黑暗,萤火虫般的金色光点飞舞其中……

亚兹喘了一口粗气,想挣扎着坐起身,却发现自己动弹不得。一个坦崔姆站在她身旁,双眼眯缝,"这个孩子的体内没有我们基因改造的痕迹。"

"她是人类,"另一个坦崔姆发出了尖厉刺耳的声音,"她的祖先肯定接受了我们的改造。"

"没有。"丑陋的女巫舔了舔嘴唇,"她没有接受过任何处理。"

"博士肯定拥有消除基因改造的能力。"

"没错。"亚兹低声说。

等坦崔姆走到一旁,亚兹才得以留神观察周围的环境。她似乎身处一片林中空地,时值夜晚,四周笼罩着荒凉的枯木树影。身下的厚石板触感冰冷,仿佛在缓慢搏动。隐蔽的设备在周围运转，呼呼作响。

"这是你们的飞船吗？"亚兹轻声问。

"这是我们的天堂。"一个耳熟的声音传来，只见因克里从黑暗中踱了出来，"它扎根于对流层，直到我们获得所求之物才会离开。"

"你们想要什么？"

"数世纪以来，我们想要蓬勃生长，而非隐忍度日。博士将无法阻止我们。"丑陋的女巫蹒跚着走近亚兹，忽然停下来发出一声尖叫，"奈尔莎！"

"天堂"中的设备似乎在附和她的尖叫，也发出了刺耳的运转声。

"奈尔莎病了，快要死了。"另一个坦崔姆浑身发抖，干呕起来，"难道是她在罗马营地里追踪的那种高科技产物导致的？"

"是毒素吗？"因克里凝视黑暗，"我不明白……"

"洞穴已经开始吸收了。"又一个坦崔姆说，"等奈尔莎的身体重组后，她会告诉我们这是怎么回事。"

"不行，恩卡洛！"因克里在一根粗壮发黑的树桩上方连线描图，"毒素会污染洞穴，必须停止吸收，必须移除奈尔莎！"

恩卡洛抓起一根弯曲的树枝，用力把它折断，金色的孢子从断裂处飞了出来。"奈尔莎忍受了那么久的煎熬……这到底是怎么回事?"

"奈尔莎离开西哥特人的帐篷,在罗马营地里检测到某种非自然产物,从而接触了某种可再生的不明因子。"因克里的眼眶湿润了。她直起身,手伸向白色的葡萄藤——藤蔓就像长在墙上的巨型蛆虫一样——摘下了水果形状的圆形水晶,往里面窥探起来。

听起来像在说治愈药膏,亚兹意识到。

"奈尔莎曾告诉我们,西哥特国王死里逃生了。"她生气地说,模样像一条愤怒的蛇,"也许,他使用了某种外星药膏。"

"那些遭受污染的人都没有用了。"

"污染?那可是治愈药膏!"亚兹一边说话,一边看见水晶中现出格兰姆的身影,不禁心跳加速。他惊恐地瞪着镜头——看来是以奈尔莎的视角留下的记录——一头撞了过来,还做了一串奇怪的动作,接着,一声可怕的尖叫传来……

然后,因克里手中的水晶开裂,碎了一地。她收拾着地上的残骸,一滴泪水从眼角滑落。亚兹心想,她是因为悲伤吗,还是对奈尔莎的疼痛感同身受?坦崔姆似乎以某种方式联结在一起,但个体显然也能从整体中剥离。

"你的同伴使用的治愈药膏,"因克里站在她跟前,"是博士制造的吗?"

恩卡洛也凑过来了,"她是不是用治愈药膏抹去了你体内的印记？"

"我不知道你们在说什么！"

"如果博士打算消除我们对人类的基因改造，她就一定知道我们的计划。"因克里把一只手按在亚兹的脸上，"她是怎么做到的？她来自哪里？"

"你们为什么要干涉我们？"恩卡洛补充道。

"我们只是旅行者。"亚兹努力保持镇定，但能感觉到坦崔姆正竭力潜入自己的大脑，"我们是搭乘塔迪斯来的。"

"树林里的蓝盒子是太空飞船？"

"差不多吧。"

因克里不耐烦地低声说："这个孩子知道的东西太少了。"她走向一棵枯木，又摘下一颗水晶，博士的身影显现出来。她在帐篷里走来走去，捣鼓着音速起子，研究上面的读数，脸上浮现出傻乎乎的笑容。

"那是正在发生的事情吗？"亚兹无比渴望再见到自己的同伴。

"博士必须完成阿提拉的命令，但她和治愈药膏必须在死亡人数达到目标之前消除。"

"为什么？"亚兹质问道，"为什么要这么多人死亡？"

"为什么要他们活着？"因克里缓缓露出笑容，"是我们让他们的生命有了意义。"她低头看着破碎的水晶，"没有什么是永恒不变的，当然，你的博士除外。"

"博士必须受到监视，我们不能信任她。"恩卡洛走到因克里身边，把乌鸦尸体放在一块小石头基座上，手指在基座侧边画出某种图案。随着一道金光，尸体立刻消失了。"现在，我要去为阿提拉准备萨满巫师的表演了。"

在亚兹的注视下，恩卡洛缩进地下消失了。亚兹望着因克里，"你们在死而复生之后，为何仍然记得自己是谁呢？"

"果实从树上落在地里，种子再长成大树，结出新的果实……无限循环。"

"虽然我不忍心揭露事实，但你们又不是桃子。"

"我们都是洞穴的产物。它非常古老。"

"那些尸体也一直在重复类似的话。"亚兹说，"洞穴到底是什么？你们打算对他们做什么？"

因克里微笑着将手指探进亚兹的头发，"不久之后，我们将再次变得完美。"


博士喜欢建造各种各样的物品，从时间流手表到干砌石墙，从阿瑟·C.克拉克设计的电子割草机到宜家衣橱。通常，她不介意有人围观自己干活儿——如果没人在旁边发出惊叹和夸赞，当一个聪明人还有什么乐趣呢？但让一具乌鸦尸体冷冰冰地盯着自己，着实令人扫兴。鸟儿凶狠的黑眼睛闪过金光，坦崔姆正在背后监视她。

"给这个可怜的小东西保留一丝尊严，放它离开吧。"博士直视乌鸦的双眼，"我正在给力场发电器充电。"她启动嗡鸣的音速起子，检查起了读数，"你知道它能做什么，阿提拉也知道它能做什么。"

乌鸦眨了眨眼睛，头侧向一边。

"充电完成后，"她继续说，"等你们把亚兹完好无损地还回来，我再把力场发电器交给你们。否则，我就把它砸坏。"

乌鸦沉默地静立着，突然，它张开翅膀扑向博士的脸。博士及时避开，乌鸦飞过去撞上帐篷，掉在了一堆尸体上——那是坦崔姆派来监视博士的其他鸟儿。

"对不起。"博士低声说，伸手拍了拍鸟儿炽热的脑袋。她咽下愤怒——等会儿有的是时间生气——敲了敲音速起子，继续完成手头的工作。

坦崔姆希望博士修好力场发电器，而博士则希望拯救亚兹。


阿提拉召开军事会议，在他麾下参战的各部落中，有资辈的将领和贵族都应召而来。大战在即，彰明较著，诸多能兵干将聚集一堂，令人血脉偾张。他们为阿提拉的帐篷增添了多少色彩啊！为了坚定下属对自己的支持，并让他们摒弃对坦崔姆的信仰，阿提拉请来了最贤明的老萨满巫师沙罗。他将在军事会议上揭露吉兆，进一步鼓舞士气。

"贤者取代了女巫，很不错。"恰克那说，"她们之前在我们身边待得太久了。"人群中发出不少赞同的声音。

阿提拉并没有在乎他讥讽的语气。在会议中，大家都可以各抒己见。如果下属认为自己的信仰和见解得到了尊重，在战场上会更加无所畏惧。

沙罗的动作比阿提拉记忆中的还要僵硬，因为他至少被冷落两年了。他的皮肤紧贴在骨架上，后颈落着一只寒鸦。鸟儿从长着伤疤的秃头后面窥探，显出令人生畏的神秘气质。

"我们观察了牲畜的内脏，"沙罗说，"也观察了野兽的血管。它们展现出相同的迹象。"

阿提拉点了点头，纵容老人的表演，"什么迹象？"

沙罗停下来，紧闭双眼，左右摇晃。

寒鸦低沉地叫了一声，仿佛在唤醒沙罗。

阿提拉厌倦了他的表演，"赶快告诉你的首领！"

沙罗猛然睁开双眼，低语道："死去的匈人仍将沉睡，但死去的罗马人会再次崛起。"他环顾会议桌，似乎在寻求支持，"您必须把斯特拉瓦兽从笼子里放出来，让它们虐杀我们的敌人。"

人群中传出不安的低语。

"坦崔姆让我们训练斯特拉瓦兽，"恰克那说，"命令它们学会攻击和屠戮。如今女巫已死,她们的野兽还会听令于我们吗?"

"它们会的。"沙罗说。

萨满巫师竟然认可坦崔姆的野兽,这一点让阿提拉感到惊讶,但也很高兴。罗马人在奥布河释放野兽的行为让他愤恨,希望这次能够以牙还牙。"如果释放了斯特拉瓦兽,我们会赢得胜利吗?"

"当然。"沙罗僵硬地鞠了一躬,"来自所憎之人的礼物仍然是礼物。"

萨古力族的将领拉萨特举起碗,痛饮了一口马血。对她而言,马血的味道似乎跟红酒一样甜美。"野兽将帮助我们夺下山丘,"她说,"让它们和我们在战斗中较量一下谁更凶猛!"

恰克那点点头,"让埃提乌斯和他的军队沦为野兽的盘中餐!"

"就这样决定了。"阿提拉适时露出笑容,作出了最终的决定,"我们进攻山丘时将释放斯特拉瓦兽。"

起初,赞同声稍显犹豫,随后,桌上响起了一片金酒盏的碰杯声和人们的宣誓声。阿提拉微笑着端起平平无奇的木碗,小口啜饮。他对贵重的身外之物不屑一顾,只在乎自己的力量和下属的忠心。一旦他得到博士的水晶魔杖,所有人都将像畏惧坦崔姆一样害怕他的力量。只消一天,他便能控制全世界。

"博士的进展如何?"他问沙罗。

沙罗再次点了点头,"我们把年轻的女巫关在帐篷里,她的力量将供您使用。"

"大家都能使用。"阿提拉微笑着环顾各位将领。尽管沙罗的话令他安心,但他知道自己不能表现出依赖某人或某物的样子。"好了,总结一下,一旦战争开始——"

"你就会得到这个东西。"

博士走进帐篷,看起来倦容满面,风尘仆仆,帐篷内顿时鸦雀无声。阿提拉一看见她手上握着那根夷平树林的水晶魔杖,心就立刻收紧了。"你完成了我的任务。"

"当然。"博士故作和善地笑着说,"难道你不是我的阿提拉大人吗?难道我没有因为你的命令而战栗吗?难道我表现得不够明显吗,伟大的主人?"

阿提拉从王座上起身,露出警告的眼神,"记住,亚兹还在我手里。"

"你说得对。"博士说着,打量起了沙罗,"你好,你看起来死透了。这是又开始抚慰人心的老一套戏法了吗?"

沙罗冷冰冰地看着她,"博士的武器将助我们赢得胜利。"

"对于我来说,这场战斗没有胜利。"博士说,"不过,我还是完成了你的任务,设法增强了力场发电器的威力,从而实现远距离攻击。不管怎样,你想试试吗?我让别人放好了几辆货车作为目标,你要试试吗?"

阿提拉阔步跟在她身后,看见三辆经过武装的货车停在遥远的山脚下。如果从这里射一支箭过去,箭头应该会从铁甲上弹开。发光的魔杖底端缠着黑线,如同刀柄一般,一颗小金属球放在凹槽里。"我装了一枚按钮,按下即可进行射击。"她说,"但你得谨慎挑选时机,因为开火后需要好几分钟才能重新充满电……"

阿提拉没有听她说话,直接用水晶魔杖指着中间的货车,按下了金属球。随着低沉到几不可闻的启动声,魔杖发出了红光。货车被看不见的能量击中,四下破碎,如同孩子的玩具一般倒在一旁。

人群沉默了数秒钟,随即爆发出欢呼声,朝在远处聚集的罗马军队挥舞拳头。阿提拉转过身,微笑着接受将领们的赞美,高高地举起他的武器。"只有阿提拉拥有这等力量!"他喊道,"我的魔法将摧毁罗马军队的主力,他们将无法坚守……"

阿提拉不需要继续说下去了,因为洪亮的称赞声淹没了他的声音。现在,他可以凭一己之力赢得战争!

"我已经按你的要求做了。"博士说,然后转向沙罗肩上的寒鸦,"带我去找我的同伴。"

"照她说的做。"阿提拉对沙罗说,"我必须准备战争。"

沙罗微笑着转身带路,再一次低声喃喃自语:"万物归于洞穴,从洞穴中心崛起,在洞穴中顽强生存……"

博士把寒鸦推开,看见了一道黏糊糊的疤痕——那是坦崔姆割断沙罗的脑干时留下的。一时间,她停下脚步,攥紧了拳头。

然后,博士加快了步伐。

## 22

格兰姆低头行走在罗马营地中,路过的士兵纷纷向他敬礼。他心想,我和康苏斯一起行动,大家一定以为是最高统帅在巡查营地。至少,希望如此。

到目前为止,他只要低头朝士兵挥手示意,就可以蒙混过关,但好运持续到走近一处关卡时便消失了。"弗拉维斯·埃提乌斯,长官!"前方突然传来呼喊,声音洪亮如钟,"我必须马上向您汇报。"

真棒,格兰姆心想。"呃,现在不行。"他装出埃提乌斯低沉、干涩的声音,"我很忙。奴隶,快走。"

"等等,长官。"

格兰姆微微抬头,看见一个身穿铠甲的士兵骑着黑马小跑过来,腰间挂着一柄长剑,一只手握着剑鞘。那人正是迷烟军团的维特斯。格兰姆又把头抬高了一些,看见年轻人露出柔和清爽的脸庞,金发垂在耳侧。显然,维特斯在跟匈人僵尸搏命后活了下来。格兰姆顿时对逃跑不抱希望……

"啊,伟大的埃提乌斯,也许您愿意让我一同护送。"维特斯继续说,"因为树林里很危险,潜藏着各种鬼怪。"

"不,你不用跟来。"格兰姆再次挥手示意。

"据说,一个黑人男子从手中射出亮光,把追捕他和他那年长同伴的人晃晕了。"

格兰姆猛地停下来,跟在后面的康苏斯一不留神撞了上去。年长同伴?维特斯显然知道他是乔装成埃提乌斯的格兰姆,但为什么不拆穿自己?

"撤下关卡,士兵。"维特斯说,"否则埃提乌斯将鞭打你们。"

"没错。"格兰姆说。他听到压低音量的对话声、仓促拆离关卡的动静,以及拖开重型货车的嘎吱声。

总算没事了。他和康苏斯一起走了出去,维特斯嗒嗒的马蹄声跟在他们身后。似乎走了很久,奴隶沉稳的脚步声突然乱作一团,他一言不发,夺路而逃。

"我猜自己一定是疯了。"格兰姆拉下沉重的兜帽,"我竟然会相信你的话。你为什么帮我?"

"时间紧迫,格兰姆·奥布莱恩。"维特斯说。

"你在耍什么把戏?为什么出现在营地然后又离开?你看见莱恩了吗?"

维特斯看着他,笑容满面,"看见了。他很好,跟迷烟军团的同僚待在一起。"

"他没事吧？你没骗我吧？"格兰姆感觉自己仿佛瞬间高大了两米，"你能带我去找他吗？我们还得找到博士和亚兹——我的两个同伴——她们在匈人的营地里。埃提乌斯想让刺客带我过去，强迫我把博士骗出来，然后谋杀她……"

格兰姆的音量逐渐降低，因为他看见维特斯取出一个扁平的灰色圆片，放在了太阳穴旁。"长官，我是维特斯。您不用担心走丢的囚犯，我已经抓住他了。我会按照您的吩咐带他前往匈人的营地。"

圆片里传来埃提乌斯不连贯的声音："干得好……快去吧。"圆片发出尖锐的声音，然后陷入了寂静。

"原来你就是刺客。"格兰姆木然说道，"还带着罗马时期的通信器？"

"我们边走边说。"维特斯把通信器收了起来，"我俩得好好谈一谈。"


博士跟随沙罗穿行在几近无人的营地中。准备打仗的男人身着皮革和铁甲，以士兵之姿重新出现。铁匠、弓箭工、厨师和仆从——这片营地的命脉——纷纷离开岗位，聚集在高地上俯视战场。两支大军在平原上对峙，战争一触即发。

沙罗在一个临时搭建的马厩前停了下来，开始喃喃自语。马厩微微倾斜，看起来不太稳定。博士辨认出里面的一匹马儿，笑着说："咬鬃！"马儿跑出来迎接她，鼻子喷了喷气，头搁在她的肩膀上。"嗨，伙计。我不会问你为什么脸这么长，因为我们都知道你是一匹马。"她拍了拍咬鬃的右腹，"刀伤和擦伤都愈合了！真高兴看到阿提拉让你休息一会儿。你经历了很多，就像……"博士抬起头，惊喜地看见亚兹从马厩背后跟跟跄跄地走出来，"亚兹！我一直很担心你。"

"博士，"亚兹口齿不清地说，"当心，她们不会放我们——"她闭上双眼，因克里和恩卡洛从身后走了出来。

"离开？"博士见状点了点头，"对，我差不多猜到了。老实说，我干老本行的时候，就发现你们这些外星侵略者往往言行不一！"

"你的老本行是保护地球人？"因克里冷冰冰地说，"其他外星势力也来过这里？"

"我记得其中一些。"

"我们用自己的力量保护着人类。"

"就像一个饥饿的人保护自己的晚餐那样？"博士坚定地望着她们苍老的眼睛，"你们不是侵略者，更像是农夫，对不对？你们在这颗星球盘踞多久了？"

"复兴的过程长达一千年。"恩卡洛说着，在亚兹身边盘旋，"土壤必须在播种前准备好。"

"你们没有在打比方,是不是?"博士皱着眉头大声质问道,"你们准备了一千年的土壤就是人类。"

"所有动物的生命都可以收割,包括人类的。"因克里告诉她,"长久以来,我们将自己的种子植入动物的蛋白质和酶,如今已经历经数代。"

"然后用天空中的火光照射他们,慢慢将其烹熟。现在,他们嚼劲十足,可以做成丰盛的晚餐了。"博士说,"你们是怎么收集这些食材的?"几名年轻的厨师走了过来,眼神突然变得呆滞,然后又转身离开了。显然,坦崔姆不想让这场谈话被他人知晓。

"我们必须收集大量的新鲜尸体。"

"你听见了吗,闺蜜?"博士呼唤亚兹,但后者仍然双眼紧闭,"这就解释了坦崔姆操控匈人的原因。"她全神贯注地盯着因克里,"作为战争的发起者,他们能为坦崔姆提供规模空前的新鲜尸体。"

"我们的祖先用最可怕的武器摧毁了整颗星球,"因克里说,"杀死了无数生命——"

"只有你们几个活了下来?"博士悲伤地点了点头,"十余名幸存者像寄生吸血鬼一样在战场上出没。"

"生存让我们感到饥饿,饥饿则赐予我们目标。"恩卡洛说,"我们飘浮在宇宙间寻找食物,瞄准能够改变自身环境的动物，通过糅合自己和它们的DNA来进行伪装。接着，我们混入它们之中准备土壤……"

"最后，"因克里说，"我们进行收割。"

"不，不行！"博士怒斥道，"多少生命已经为了哺育坦崔姆而死亡？你们将在身后留下多少陨落的世界？"

"我们不会夺走所有的生命。如果人丁重新兴旺起来，我们又可以收割更多的食物。"

"等一下！你们不仅回答了我的问题，还主动提供了更多的信息。我很好奇，你们为什么要这样做？"

"因为愤怒是如此深层的情感，"因克里微笑道，"能够蒙蔽大脑，让你意识不到眼下正在发生的事情。"

"哦……"博士感到一阵惊慌，忽然发现自己动弹不得，眼前闪烁着金色光点。她一不留神让女巫的手指探进了自己的脑袋，现在感觉到撕心裂肺的疼痛。"你们……你们在做什么？"

"我们要杀了你。所有造成破坏的人必须在收割开始前被移除。"

因克里蹒跚着靠近，指尖按在博士的太阳穴上。博士在火辣辣的痛苦中哀号起来，她视线模糊，无法眨眼，脑内压力逐渐增大。

## 23

因克里把脸凑得更近了，低语道："博士，你要尖叫吗？"

博士喘着粗气说："我……要……吹口哨！"她在营地里曾多次听到类似的哨音，便从牙缝间吹出一声口哨。

咬鬃向博士和因克里冲了过来，将丑陋的女巫踹得连连后退，中断了她们的接触。博士的四肢传来海啸般的刺痛，又重新活络起来。她攀在咬鬃后面，一把抓住又长又密的马鬃，把自己甩上了马儿的后背。

"咬鬃真是好一匹黑马……"博士坐上马鞍，用鞋跟踢了踢马儿的侧腹，驱使它前进。突然，博士远远看见匈人军队的最前方升起一面大旗——那是阿提拉军队的信号，但代表着什么呢？

因克里爬了起来，粗糙的脸庞因愤怒而扭曲起来。她指向亚兹，"杀了她，恩卡洛！"

博士勒紧缰绳，牵着马儿急急转身。咬鬃的双耳紧贴脑袋，如同身处前线一般。恩卡洛转向亚兹，双手伸向她的脸。博士策马奔驰，把女巫苍老瘦削的身体撞倒在泥土里。

"亚兹！"博士喊道。她勒住咬鍪，停在同伴身边。坦崔姆即将恢复，时间不多了。

此时，号手站在阿提拉宫殿的壁垒上，吹响了巨大的象牙号角。那声音嘹亮无比，仿佛是从地狱传来的响动。号角声震耳欲聋，明确回应了战场上的信号。匈人营地中登时一派喧嚣。

"该进攻了。"博士低声说。

维特斯牵着马，在匈人营地外围的灌木丛中穿行。格兰姆有诸多不满：奉命杀害博士的刺客紧紧抓着自己，而他闻起来像是几个月没洗过澡似的；他们还必须想办法毫发无损地潜入匈人营地。最令格兰姆不满的是，一个丑陋的匈人斥候举着肮脏的弓箭冲出灌木丛，站在了他们跟前。

接着，又有两个匈人持剑跳了出来。如果再不展现分毫盎格鲁—撒克逊的血统，格兰姆心想，我就会……他正打算大声咒骂，一种出乎意料的声音划破了空气，听起来充满科幻感。他惊讶地看见维特斯的手里举着一把激光枪！

两个进攻的匈人接连倒下，胸口冒出阵阵烟雾。弓箭手射出了箭，维特斯立刻勒紧坐骑，向左转身，箭嗖的一声从他身边飞了过去。激光枪再次射击，弓箭手随即倒在一团尘土中。

"怎么回事？"格兰姆慌张地说。

维特斯举起白色的枪，"你们那儿没有这种科技吗？"

"没有！你从哪儿拿到的？"

"数世纪以前，迷烟军团在非洲的矿区找到了这把枪，旁边还散落着未知野兽的古老残骸。"

格兰姆意识到，21世纪显然不是外星人的唯一选择，从古至今，地球应该一直令它们垂涎欲滴。"所以，很早以前迷烟军团就存在了，而且还拿到了这把枪？"

"军团是为了阻止武器落入坏人手中。"维特斯叹了口气，"万一有人获得能够一击战胜整个帝国的力量，你能想象后果如何吗？你能想象武器引发的致命危险吗？"

"是的，"格兰姆说，"我能想象。"

维特斯举手示意他闭嘴，周围响起了熟悉的低语。死去的匈人爬了起来，伤口的鲜血凝固了。"万物归于洞穴，在洞穴中合一，从洞穴中诞生……"他们吟诵道。

"快走吧，伙计。"格兰姆不停地拍打维特斯的肩膀，"我们快离开这儿！"

他们接近这片灌木丛的边缘，看见匈人营地的关卡就在两百米开外。"还不如隔远点呢，"格兰姆低声说，"我们压根儿没机会进去。"对方以一座小镇充当营地的外部防御，关卡前聚集着手持长枪和镰刀的守卫、武装货车，还有那些巨型牢笼，里面关着……哇，那是什么玩意儿？

一阵悠长、不祥的号角声响彻营地，嘹亮到足以唤醒死者。

一阵深切而原始的恐惧涌上格兰姆的心头。

号角的回声仍然在平原上方飘荡,喊杀声在战场上响起,令人毛骨悚然。博士在马背上维持平衡,笨拙地伸手抓住亚兹的肩膀,然后掏出了音速起子。

随着一声骇人的呐喊,因克里从半空中向她们飘来。她张大嘴巴,露出扭曲的笑容,僵硬的手指射出金光,仿佛准备打开地狱之门。

"出发了。"博士低声说着,把亚兹抓得更紧了,另一只手按下了起子开关。

然后,博士、亚兹和咬鬃一起消失了。

铁匠和仆从聚集在营地高处,紧张地俯视着战场。阿提拉左翼的大军集体出动,瞬间打破了诡异的寂静。数千名匈人策马扬鞭,身后蜂拥出大批盟军,他们手持各种武器:镰刀、长枪、鞭子、弓箭、斧头和匕首……

突然,咬鬃载着博士和亚兹在营地里出现了,浑身散发着光芒。如此离奇的登场惊得匈人四下逃散,只剩一名身体结实的铁匠待在原地,呆若木鸡。

"为我的魔法道歉!我们不会久留的,但愿如此。"博士说着,见亚兹逐渐从马背上滑落,已经掉到自己膝盖的高度了。

"快点！你！"博士指着铁匠，"把我的同伴扶回马背上，好吗？她是女巫的密友，但为人非常友善！"

铁匠拎起亚兹，几乎是把她扔回了马背上，然后逃跑了。

"这不怪你。"博士看着铁匠的背影说。她转过头，看见亚兹缓缓睁开了双眼。"嘿，"她打量着同伴的脸，"你醒啦？我们从坦崔姆身边躲开时，可能中断了她们的心灵控制……"

"对，"亚兹舔了舔干涩的嘴唇，"发生了什么？"

"我正在实施危险的逃生计划。"

"你搞砸了吗？"

"呃，我潜入了坦崔姆的心灵感应场，但不一会儿就被抓包了。所以，我们只能进行随机的短距离移动。"

"所以，你搞砸了。"

"亚兹，我彻底搞砸了！现在，抓紧我！"等亚兹环住自己的腰，她又吹了一声口哨。咬鬃扬起上半身，马蹄胡乱摆动。"再冲刺一次，我的朋友！"


罗马营地前，士兵齐诺和里希默站在两条防御战壕的中间，听见低沉的号角声响彻平原。战壕里堆满了在奥布河冲突中身亡的士兵的尸体，他们喃喃自语，不断被坑里的木桩撞倒。军队设置木桩是为了阻拦敌人，任何自以为可以纵身跃过战壕的傻瓜都将葬身于此。

"这是匈人的警报。"里希默说。

罗马军队响应战争的号召,飞奔向前同迎面而来的匈人交战,西哥特国王狄奥多里克领兵在前。齐诺凝视着冲锋时扬起的尘土,"奇迹之人登场了,埃提乌斯可能认为狄奥多里克的奇迹生还能够鼓舞士气。"

"他做得对。"里希默冲战壕中抽搐的尸体点了点头,"国王的生还给士兵带来了希望——不是所有人都会变成那副可怜的模样。"

"感谢神灵,我们无法参战,因为我们有保护营地的要事。"

"我们无可替代,齐诺。"

他们互相看了一眼,笑出了声,然后听到守卫战壕的其他同僚发出了惊呼。

随着战斗开始,战壕中的尸体纷纷向外攀爬,手指插进泥土,身体奋力向上翻出边缘。最先出来的尸体踉踉跄跄地走动起来,跟在参战的大军后面;战壕里的尸体互相践踏,落在后面的想超过前一个,却掉在了其他奋力攀爬的尸体上。看到这一幕,齐诺不禁感到百爪挠心。

"这是……"里希默无助地看着喃喃自语、伤痕累累的尸体从战壕中倾巢而出,"我们应该阻止他们吗?"

"管他的!"齐诺一边说,一边躲开脏兮兮、血淋淋的百夫长,"如果他们想走,就让他们——"

话说到一半,一个士兵尸体冲上来,把齐诺撞下了战壕。里希默还没来得及发出警告,便听到木桩的尖端刺进身体的刺耳刮擦声。里希默的心顿时沉了下去。他从边缘俯视战壕,看见齐诺在一堆尸体上方微微颤抖,腹部被刺破了。他的脑袋向后垂下,撞在地上。

里希默绷紧了所有神经,等待齐诺抬起头开始平静地低语,等待伤口的血迹干涸,等待插着木桩像烤叉上的兔子的他缓缓起身。可是,这一切都没有发生,齐诺只是抽搐了两下,便陷入长眠。

"感谢神灵。"一滴泪水从里希默的脸颊滑落,他既感到如释重负,又非常悲伤,"无论如何,死而复生的噩梦终于结束了。"

一个身着粗麻破布的丑陋女巫突然出现在齐诺身边,发出了愤怒的嘶嘶声,纤细的白发在歪脸旁飘扬。"受到污染的尸体不能复生,也不能带走。"她一边说,一边俯身将手指扎进齐诺的太阳穴。里希默惊恐地看见,金色的能量穿透了齐诺的身体,将他整个人完全吞没。尸体形似一具被不可能存在的火焰烧焦的雕像,而给予他致命一击的木桩却完好无损。

里希默的唇间发出一声难以抑制的哽咽。女巫听到声响,抬起头来,没有牙齿的脸笑得更开心了。"一个出局,一个留下了。"她说。

然后,她颤抖着飞了上来,一把扼住里希默的喉咙。片刻之后,士兵被扔进战壕,心脏钉在同一根木桩上。死亡的过程很快,里希默没有任何感觉。不一会儿,他猛然睁开了双眼,双手不住地抽搐,扒拉着染血的木桩。血肉沸腾着渗出体外,封住了伤口,可里希默没有丝毫瑟缩。言语如同愤怒的蜂群一般塞满他的脑袋,他拖着舌头说:"我们所有人将在洞穴中重生。"与此同时,他和其他尸体一起爬出战壕,跟跟跄跄地经过得意扬扬的女巫身边,准备杀死卡塔劳尼亚平原上每一个臭烘烘的匈人。

格兰姆捂住双耳,但仍能听见短笛、号角和战鼓一齐响起,回应先前的信号,直到士兵的呐喊将其他声音完全吞没。与他们的动静比起来,伦敦体育场里五万名球迷的喊叫声听起来就像小孩在生日派对上闹出的动静。

关卡附近的巨型牢笼猛地打开,一头巨兽噌噌地冲了出来,浑身毛发倒竖,突出的下颚长满利齿,看起来像足有家庭轿车那么大的狼。更多的牢笼排列在防线上,延伸至远方。士兵打开牢笼,里面跃出了和第一头一模一样的生物。它们长着弯曲变形的四肢,每只脚都抻出了利爪,如同玫瑰枝条上的尖刺。这些生物直奔山丘,身后跟着僵尸大军。他们从小镇的房屋中倾泻而出,冲破了关卡。这些死去的士兵面无表情,四肢抽搐,但仍能握剑、持斧、挥鞭或使用匕首。他们穿着破旧的盔甲，浑身上下血淋淋的。

格兰姆一阵反胃，不想再继续看下去，但又无法移开视线。战争仍在持续，那些奔跑的尸体即将加入数千人的匈人大军。格兰姆坐在马背上喘着粗气，尽力思考为什么在死伤惨重的情况下，战场上还能留下那么多人。对于这些士兵尸体而言，最可怕的命运已经降临了，可他们似乎迫切地想拉其他人下水。

博士俯冲进匈人营地的腹地，亚兹拼命抱紧了她。数十米开外，因克里和恩卡洛闪亮登场。

"今天可不行！"博士只好再次启动音速起子，带着亚兹和咬鬃一起消失在光芒中。

格兰姆身后传来响声，把他吓了一跳。被维特斯杀死的士兵放弃追逐，转而穿过灌木丛跑入平原，响应战争的号召。他们跟在前赴后继的僵尸大军后面，朝罗马人和匈人的目标山丘扑了过去。

"如果可以跟两百个人交战，"维特斯说，"何必对区区两个人穷追猛打？"

"数量优于质量。"格兰姆赞同道，望着双方军队蜂拥至战场中。突然，他倒吸一口冷气，忍不住咳嗽起来，身体也情不自禁地开始颤抖。"哦，我的天哪！"他伸出手指，"我们不用闯进营地了。看啊，博士和亚兹已经出来了！"

维特斯挑起两道浓眉，"她们好像打算帮我完成任务。"

咬鬃驮着博士和亚兹在平原上现形。"呀哈！"博士喊道，"这还差不多！我们跳出营地了！"

"差不多？"亚兹挂在马背上，惊慌地环顾四周，"快看！"

此时，交战双方正在向她们逼近，右边是一大群匈人，左边则是罗马大军。

亚兹怒吼道："我们落在战场中央了！"

## 24

山丘是平原上唯一的战略要地。咬鬃沿着高耸的山脊飞奔,如同一支黑色的火箭。亚兹看见阿提拉的军队从右侧袭来,几头斯特拉瓦兽冲锋在前,如同长着尖牙和皮毛的重型卡车一般迅速向她们逼近。

亚兹贴紧了博士,"为什么所有人都如此重视这个破土坡?"

"如果你身处高地,敌人就难以从两翼进行包抄。"博士说话的同时,罗马军队蜂拥而至,罗马人的斯特拉瓦兽则冲在最前列。马蹄和利爪的嗒嗒声以及士兵的呐喊声撼天动地,博士不得不提高了音量,"坐骑和猛兽在下坡时速度更快,弓箭也能射得更猛,所以,占领山丘至关重要。"

"作为一个讨厌战争的人,你知道的东西可真多!"

"你只有充分了解一件事物,才能讨厌它。"

亚兹喊道:"我讨厌我们不能在这里进行瞬间移动!"

"我正在尝试。"博士背对罗马人,反复开关音速起子,但无事发生,"不行!因克里把我们屏蔽了。"

"可以增强起子的能量吗?"

"快跑,咬鬃!"博士在马鞍上前倾,"我们现在只能增强马力了!"

匈人的军队不过千米之遥,而且还在迅速逼近,行军产生的震动传到了咬鬃脚下的土地里。迫近的大军发出阵阵呐喊,摧残着亚兹的耳朵。士兵和猛兽在她眼前摇晃着前进,令人目眩。交战双方如同呼啸而来的海浪一般,让人无法脱身。她紧紧搂住博士,仿佛要将后者折成两段,"博士,对不起。"

"对不起?"博士对她喊道,"为什么?"

"如果我没有被女巫抓住,你就不会为了救我而——"

"别说得好像这是你的错一样,亚兹。"她再次掏出了音速起子,"我为阿提拉制造了一件超级武器,就像坦崔姆要求的那样威力无比!"

"你做了什么?"

"这是交换你性命的条件。不管怎样,他一定会使用它。一旦进入射程……一旦我的备用装置在他手中……"

周围的干扰过于繁杂,亚兹已经听不见博士的声音了。匈人的军队此刻只有百米之遥了,势必吞没她们。咬鬃向前奔驰,大风刮出了亚兹的泪水。这就是我们的结局了,亚兹心想,但我不能哭着赴死,必须抱紧博士和……

突然，一道刺痛皮肤的灼热射线从亚兹的右侧射出。她只能听见音速起子的嗡鸣声，仿佛耳边的其他声音全被吸走了。亚兹冒险睁开了双眼，立刻对眼前的景象目瞪口呆。

斯特拉瓦兽似乎撞到了一堵隐形的墙上，与之接触的墙面如同口香糖一般向外延伸，减慢了野兽的行动。在它们身后，排成队列的匈人骑兵没能及时勒住马，径直撞了上去。后排的马儿不断把前排的往前挤，全都压在隐形的墙面上，差点就要碰到骑马路过的博士和亚兹。匈人士兵伤痕累累，因痛苦和愤怒而扭曲了脸庞，拼命反抗着看似透明但无法摧毁的壁垒。与此同时，左边的罗马军队也全速冲到了相同的隐形墙面上，马儿和骑手的肢体顿时挤作一团。一头斯特拉瓦兽正用镰刀般的利爪和尖牙撕咬面前的空气，迫切地想接近对面那群匈人，却始终无法企及。

亚兹理清头绪，"你把力场发电器给阿提拉了吗？"

"对，但做了一些调整。"博士赞同道，催促咬鬃向前，"比如，留下只能使用一次的能量，并降低力场的密度。如此一来，再次使用时，力场发电器将释放出松散的巨型壁垒。只要用音速起子干扰能量场，我们就能穿行其中，就像在一个巨大的隐形泡泡中前进。"

"这样双方便无法战斗了！"亚兹刚说完，心中随即掠过一道阴影，"直到泡泡破碎。"

"没错。我们骑马穿行其中的时候，可能也在持续削弱它的作用。"

咬鬃一头撞上隐形的墙面,发出一声嘶鸣,差点失去了平衡。

"泡泡已经开始崩塌了!"博士吹了一声口哨,让咬鬃掉头右转,斯特拉瓦兽淌着唾液的血盆大口近在咫尺。她们从泡泡边缘擦身而过,亚兹的腿部传来一阵灼烧感,咬鬃也发出了惊恐的嘶鸣。罗马军队向外挤了挤,士兵和野兽都被压在身下,匈人这边也一样。

亚兹感到不适,便将脸贴在博士的背上。博士既没有奇迹般的解决方法,也没有阻止战争和死伤的魔法,只能阻止情形恶化,尽量活下来,打败坦崔姆。

"快到了。"博士咬紧牙关,鼓舞着咬鬃,"快点,再跑远一点……"

终于,亚兹感觉周围的空气变得清爽了。咬鬃甩了甩脑袋,扬起上半身,差点把背上的人甩下来。直到博士发出一声尖锐的口哨,马儿才平复下来。亚兹上气不接下气,汗水将衣服紧紧粘在背上。她猛地意识到,自己还活着!此时,罗马人和匈人以慢动作冲向对方,又纷纷摔倒,滚落在地,如同一场具有超现实主义色彩的恐怖杂技表演。

"我们必须离开战场。"博士说着,再次踢了踢咬鬃的侧腹。

"去哪里呢?"

"呃……莱恩和面善的女骑士那边怎么样?"

"什么?!"亚兹抬起头,看见远处有两个人影,其中一个蹦蹦跳跳地挥舞着双手,"那是莱恩!他从哪里蹦出来的?"

"我也不知道!"博士从马鞍上站起来,朝对方疯狂地挥舞着双手,"我们去问问他们吧!"

"哦,天哪!"莱恩喊道,"她们在那儿!博士和亚兹都没事,都还活着!"

"看看战场!"莉丝的双眼跟嘴巴一样睁得大大的,"这不可能。她到底是怎么分开两支进攻的军队的?"

"她可是博士。"

莱恩回头确认了一眼地下墓室的入口。入口不易察觉,位于一座小山丘的山脚下,几乎不比兔子洞大多少,最初的挖掘者可能只想建造一条通风管道。刚才,莱恩和莉丝手脚并用,在绵延数英里的地下墓室中,爬过一段脱离主干道的小径,熬过了漫长旅途中的最后一段路。

"快点儿,博士……"莱恩站在这里已经很显眼了,博士和亚兹又是什么感受呢?他不安地留意着庞大的军队,他们现在迟迟没有行动。"他们怎么能按兵不动呢?"

"他们在等待命令。"莉丝猜测道,"双方都想得到山丘,下一步行动将受到山丘争夺战的制约,而博士的魔法——"

"不是魔法,是音速科技。"

"对,就是这个导致双方军队无法接触彼此。"

再怎么不可思议的壁垒终将破裂,博士大声鼓舞咬鬃全力冲刺。莱恩看见一头长角的巨大狼形生物冲出了罗马大军,径直奔向匈人,利爪掀起大块泥土,吼叫声如同一声号角响彻战场。

"那是斯特拉瓦兽。"莉丝说,"坦崔姆献给西哥特国王的战争野兽。"

"不过,她们也献给了匈人相同的野兽。"莱恩颤抖着说。双方的野兽看起来一模一样,他不禁好奇,交战时,它们将如何区分自己的同类。但现实打消了他的疑虑,因为斯特拉瓦兽完全无视同类的存在,只会撕咬骑兵。战场上传来此起彼伏的惨叫声,哨音和弓箭射击的声音敲打出一段令人反胃的节拍。不久,斯特拉瓦兽便浑身插满箭和矛,犹如长刺的豪猪。它们似乎没有痛觉,只在士兵的阵列中横行肆虐,踏平一切。

莱恩从大屠杀的场景中移开视线,看向博士和亚兹。她们终于到达莱恩所在的地方,跳下了马。他被博士紧紧抱住,喜悦地把头埋进她的肩膀,呼吸着她身上甘菊和机油的香味。亚兹也随即抱了上来,三人紧紧相拥。

"见到你真好!"博士说,"你还好吗?"

"还不错。"莱恩说。

"格兰姆在哪儿?"她继续问。

"我见过格兰姆!"亚兹说,"当时,我在坦崔姆的飞船里看见格兰姆在罗马营地中,还使用了治愈药膏。"

博士和莱恩一齐望着她说:"什么?!"

亚兹点点头,"格兰姆用浴缸里的治愈药膏杀死了一个坦崔姆!"

"什么?"莱恩迷惑不解,"格兰姆和女巫泡澡了?"

亚兹哭笑不得,"不,只有女巫掉进水里了。"

"难怪因克里说我们在干扰她们的收割。"博士说,"治愈药膏能够生成活细胞,从而折抵基因改造带来的伤害,对坦崔姆而言就是毒素。格兰姆现在在哪儿?"

"他和维特斯在一起,"莉丝说,"比我们更安全。"

亚兹指了指莉丝,对莱恩做出"她是谁"的口型。

"比斯特拉瓦兽好得多。"莱恩说着,指了指他们身后血淋淋的野兽。它脱离战斗,正穿过战场朝他们奔来。

"我们必须离开这儿。"莉丝转身走向地下墓室的入口,"这里可不是团圆的好地方。"

"等等!"博士说着,俯视斯特拉瓦兽。它逐渐逼近,黑色的眼睛中闪烁着金光,嘴里露出石头大小的牙齿,发出一声低吼。"我想搞清楚它是从哪儿来的。"

莱恩抓住了博士的胳膊,"如果被斯特拉瓦兽抓住,我们都会死在这里！"

可是，博士已经掏出了音速起子。早先阻挡乌鸦攻击的低沉震动声再次响起，莱恩差点跪倒在地。斯特拉瓦兽压低脑袋，正准备冲刺，却忽然抽搐着呼出了长长的一口气。

"它停下来了。"亚兹意识到，仍然捂着自己的耳朵。

"音速起子干扰了它的大脑。"博士检查着读数，"斯特拉瓦兽不是传统意义上的活物，而是被坦崔姆创造出来的，用来攻击特定目标。"她皱着眉头，"但她们是怎么做到的？坦崔姆怎么能这样利用生命呢？"

"或者说是尸体。"莉丝说着，在震动声中咬紧了牙关。

斯特拉瓦兽昂首号叫，嘴巴一张一合。博士手中的音速起子发出响亮的震动声。"我无法阻止它，"她喊道，"到我身后来！它的杀戮欲太强烈了！"

"我们必须离开这里！"莉丝吼道。

"咬鬃怎么办？"亚兹把手按在马脖子上。它正摇晃脑袋，不满地喷着气。"它没法儿跟我们一起下去。"

博士把音速起子塞进莱恩手里，"你来拿着起子。"

"我？"莱恩的心剧烈跳动起来。

"当然是你，拿着起子。"博士转过身抵着咬鬃的额头，"谢谢你拯救了我们的生命，聪明的马儿。现在，你必须离开这儿。"她拍了拍咬鬃，吹了声口哨，"快跑！"马儿一甩头跑了起来。

莉丝目瞪口呆，"那匹马好像真的听懂了！"

博士笑着说："我恰好会说几种马语……"

"我们不如都跑起来，好吗？"莱恩死死地攥着起子，俯视口水横流的斯特拉瓦兽。他后退了几步，用另外一只手示意博士、莉丝和亚兹跑进入口，"快点！"

## 25

埃提乌斯从左翼的有利位置注视着遍布山丘的混战。阿提拉借助新女巫的魔法阻拦了罗马人的兵力，这一点已经令埃提乌斯心有不甘了，恣意横行的斯特拉瓦兽更是让他难以忍受……

奈尔莎为西哥特人献上了十头超自然的野兽，声称它们将击溃匈人军队，令士兵作鸟兽散，罗马骑兵只消乘胜追击。但是，匈人显然也拥有自己的斯特拉瓦兽，而且双方获得的野兽一样多。现在，匈人的斯特拉瓦兽正在摧毁自己的兵力，正如自己的野兽在摧毁匈人的兵力一样。

埃提乌斯从不畏惧战争，但眼下不是战争，而是单纯的屠杀。斯特拉瓦兽绝不攻击同类，而且几乎无法被击败。四五十个士兵才能放倒一头斯特拉瓦兽，而其中大多数人都因此丧命。

埃提乌斯看见死人从猩红的泥土中爬了起来，蹒跚着回到战场，恐惧顿时爬上了心头。与此同时，野兽横行霸道，专以活人为目标。这时，他胸甲后面的金属片震动起来，发出熟悉的亮光。埃提乌斯讨厌超自然的设备！他骂骂咧咧地转身，不动声色地把对话盒子放在耳边，"怎么了？"

"长官，我是莉希尼亚。我们抓住了阿提拉的女巫，把她从战场转移到了地下墓室的东区通道。她无法再为匈人提供魔法了。"

埃提乌斯的倦容上几欲露出一抹笑容。"很好，"他说，"牢牢看着她。"他把对话盒子放回胸甲内侧，对第一百夫长传令道："准备弹弓和长矛投掷器，我们必须更高效地解决匈人的野兽——"

"弗拉维斯·埃提乌斯！"西哥特国王狄奥多里克走了过来，身后跟着侍卫和被捆住的女巫梅其玛。

埃提乌斯瞪着梅其玛，"你把这个女巫带来干什么？"

"她不同意控制野兽，因此，我不再保护她了。"

丑陋的女巫看起来镇定自若，"我已经将吞噬所有军队的野兽献给您了。"

"但匈人也得到了！"狄奥多里克的脸唰地一下气红了，"我的信仰已经耗尽了，女巫。埃提乌斯，你曾多次反对坦崔姆，又用科学方法拯救了我的生命。现在，我把梅其玛带过来任你处置。"

你害怕这个老女人，埃提乌斯心想，想要我替你承受坦崔姆的愤怒。女巫仿佛窃读了他的思想，点了点头，咧开的笑容化为狞笑。他意识到士兵们正注视着自己，等待果断的裁决。同时，他也深知坦崔姆作恶多端,理应受罚。

埃提乌斯别无选择。

他深吸一口气,"女巫,你要么耗尽了魔法,要么有意背叛。总之,你既无法治疗病人,也无法叫停野兽,还无法阻止死者复生。我,弗拉维斯·埃提乌斯,罗马和所有盟军的统治者,要求你听命行事,否则就赐你一死。"

"很好,"梅其玛笑得更开心了,"那就赐我一死吧。不过,我还有最后一件事情要做。"她转身瞪着狄奥多里克,"这个男人被毒素污染了。小麦变成了谷糠,他必须被移除。"

狄奥多里克抬起颤抖的手指向她,"你竟敢威胁国王?"

梅其玛将干瘪的手指捅到狄奥多里克的脸上,"我杀死国王就像杀死夏天的飞蝇一样容易。"

"拦住她!"埃提乌斯对侍卫怒喝道,但他们全都纹丝不动,只是惊恐地瞪着双眼。狄奥多里克的周身闪烁着地狱之火般的红光,血肉和头发燃烧的臭味儿吞没了每一个惊慌失措的见证人。西哥特国王化为灰烬,他的侍卫纷纷跪倒在地,害怕地哀鸣起来。

在愤怒和憎恶的驱使下,埃提乌斯不再言语,而是双手挥剑刺进了女巫的后背。剑尖插入泥土中,把她钉在了地上。

埃提乌斯见过很多自己无法解释的东西,很多自己想隐藏或查禁的东西,但没有一个能像眼下这般激发出他内心深处的恐惧。梅其玛的脑袋缓缓转了一百八十度，仰视着他。"这不是你们的战争，"她发出刺耳的声音，体内凝聚着金光，"而是我们的收割。"

语毕，她旋即炸裂成无数道明亮的光线，笼罩了战场。

埃提乌斯环视了一圈自己的军队，发现许多人在惊恐中退散了。"不准擅离职守！"他怒吼道，"否则我将注视着你们在各处死而复生。全都拿起长矛投掷器和弹弓，给我瞄准斯特拉瓦兽和逃散的匈人。"他又转向狄奥多里克的侍卫，"通知你们的将领和士兵，国王在战场上英勇牺牲了……他的遗言是，你们必须为他的儿子——你们的新国王——多里斯蒙德而战。"侍卫点了点头，转身跑开了。"告诉他们要活下去！该死的！"

"匈人杀过来了，长官！"一个传令兵喊道。

埃提乌斯对此心知肚明，因为他已经感觉到百万骑兵呼啸而来，地面隆隆作响。他的视线越过战场，看见阿提拉带领骑兵的主力部队蜂拥而来。埃提乌斯手下的将领已经迎战了，步兵朝从天而降的箭雨举起了盾牌。

埃提乌斯从地上拔出剑，擦了擦剑刃，看见投石机朝山丘掷出跟人一般大的巨石。他走向自己的战马，马夫正在为它穿戴最后一件盔甲。他记得小时候，自己也曾在另一场战斗中为将军做过相同的事情，如今已经过去很多年了。

罗马人和匈人的战斗再次打响了。

## 26

康苏斯从未如此害怕过。本来,重获自由意味着他能随心所欲,然而事实上,他正进退两难地站在平原东部的高地上,注视战争爆发。

他从未见过这样的景象,看上去就像某段可怖的希腊神话变成了现实。异域的野兽在战场上肆虐,长矛和巨石纷纷划过半空。康苏斯的视线越过平原,意识到"匈人是世界上最凶残的战士"这一传言远非假说。每个军团大约有一千名骑兵,他们围成圆形冲向前方,直到交战后再分散阵型。数百名匈人骑在速度最快的战马上驰骋,海浪般奔涌而来,每个人朝罗马步兵的阵列射出七八支箭,意图击溃防线。他们忙着从背后的箭筒中取出箭矢,与此同时,下一波弓箭手也准备就绪。哪怕同伴的战马在尘土飞扬的地上胡乱冲撞,弓箭手仍能从各种刁钻的角度射出箭——或身体后仰至与地面平行,向后方射箭;或努力前倾,瞄准前方的伏击。战场上的景象足以让他谱写出一首诗篇!康苏斯一直很喜欢诗。每当埃提乌斯疲于政务时,都会命令他朗读恩尼乌斯[1]和奈维乌斯[2]的诗作。

康苏斯想回到营地请求主人的原谅,但又无数次压下这种渴望。埃提乌斯的帐篷里有突然现身又突然死亡的可怕女巫,他一点也不想再接触这些东西。埃提乌斯还有不可告人的秘密:他一面对魔法极尽排斥,一面却私下悄悄使用魔法——康苏斯曾听到他跟空气对话。为了测试不列颠人的药膏,埃提乌斯像切肉一样直接割破了康苏斯的手臂,这着实伤害了他的感情。

康苏斯瞥了一眼胳膊上皱缩的伤疤,它看起来似乎是好几年前留下的。他感觉魔法在自己身上留下了印记。也许,他应该混入奥尔良的百姓中,帮助村长在战后修复村庄。他很聪明,认得拉丁语和希腊语,一定有人愿意收留他。他应该即刻离开,最好今天就启程,离毛发浓密的匈人越远越好。虽然历经千辛万苦,但他仍然活了下来。康苏斯不再是一个奴隶,他自由了。

康苏斯终于下定决心,转身准备离开,却看见女巫朝自己伸出了手指。他想张嘴尖叫,但脏兮兮的手指已经按进了他的太阳穴,灼热的温度随即包裹全身。女巫眯缝的双眼闪烁着光,如同融化的金子。

"你被污染了。"她听起来像是在用两条声线说话,一条很尖厉,一条则十分深沉,"收割必须保持纯净。"

---

1. 昆图斯・恩尼乌斯(前239—前169),罗马共和国时期的诗人、剧作家。
2. 奈维乌斯(前270—前201),古罗马文学家。

康苏斯眼前一黑,感觉火焰吞噬了自己。

格兰姆站在维特斯身后,目睹康苏斯惨遭杀害,而行凶的坦崔姆则离开了火焰,如同一只皱缩的老凤凰。他藏在灌木丛中平复心情,希望树林别再充满危险,返回迷烟军团基地的路程万事顺遂。

真蠢,格兰姆告诉自己,这种好事想都别想。

"女巫开始为了自己杀人啦?"维特斯大受震撼,"对她们来说,今天死的人还不够多吗?"

"康苏斯没有被污染。"格兰姆小声地说,"我治好了他。"

"愿他的灵魂得到安息,"维特斯说,"无论前往何方。"

格兰姆听完,迷惑地点了点头。维特斯用鞋跟踢了踢马腹,策马在灌木丛中奔驰起来。他们匆忙离开了这里,身后尘土飞扬。

看见梅其玛和恩卡洛返回巢穴,因克里满意地点了点头。

"西哥特国王已经被移除了。"梅其玛说。

"还有埃提乌斯的奴隶。"恩卡洛说,"现在,我们必须移除阿提拉。"

"现在还不行。如果没有他,他的军队将失去精神领袖,溃不成军。等他战斗到最后一刻,任由尸体在身旁堆积如山;等最后一个匈人绝望地倒下,眼睁睁地看着自己的首领燃烧殆尽。"因克里闭上双眼,猛吸了一口气,仿佛在吮吸来自地面的恐惧,"我们离触发点越来越近了。"

"博士一行人的位置尚不清楚。"恩卡洛说,"他们没有受到我们的改造,很难追踪。"

"我们会找到他们的。"因克里说,"他们将燃烧殆尽。"

自从博士和亚兹回来后,莱恩不愿再让任何一个人离开自己的视线。等分享完自己冒险经历的细枝末节,博士又像往常一样独自赶在前面,仿佛在跟衣摆竞走。不过,她突然停了下来,出神地望着发光的墙壁。莱恩猜测,大概是瓢虫之类的东西引起了她的注意。他趁机打量了一番亚兹,后者倦容满面,在地下墓室的潮气中瑟瑟发抖。莱恩脱下外套,披在了亚兹的肩上。

亚兹摇了摇头,抖落外套,"不用了。"接着,她叹了一口气,"对不起,莱恩,今天对我来说太煎熬了。"

"我也是。"莱恩挤出一个顽皮的微笑,"我今天走了无数条地道,还不得不跟这个罗马姑娘尬聊。"

"他英俊极了,是不是?"莉丝突然在他们身后说话,吓了莱恩一跳,"而且很体贴。"

"哇!"亚兹扬起了眉毛,"看来你们今天相处得不错。"

莱恩感到有点难为情,"是的,很不错。"

莉丝指着博士,"你们都能和她一起旅行吗?"

"应该说是我能和他们一起旅行!"博士渐渐收起了笑容,陷入沉思,"我觉得,我应该上去找到阿提拉,想办法让他停止战斗。"

"啊?"莱恩很高兴话题变了,却不太喜欢新的话题,"你说什么?"

"我们必须制止杀戮。"

"他是匈人阿提拉,一定会杀了你的!"亚兹抗议道。

"埃提乌斯呢?"莱恩望着莉希尼亚,"莉丝,你能让他明辨是非、停止杀戮吗?"

"他不会听我的话,除非维特斯也这么劝他。"她拿出了对话盒子,"维特斯,如果你的耳朵方便的话……"

"哈!"博士听见这话,高兴地转过身来,"我发誓塔迪斯的翻译模块也有幽默感。等等,你们不应该拥有这样的高科技设备,墙壁上也不应该有来自天鹅座的二氧化锂发光藻,淘气的罗马小姐。不过,我觉得你们应该是好人,对吗?"

莉丝微笑着说:"应该是吧。"

"我就知道。"博士一把夺过对话盒子研究起来,"对了!这应该是威卢克隆通信器。"

"威卢克隆?"莉丝呆呆地盯着她,眼神中充满了敬畏,

"你知道它叫什么？"

"对，而且知道它的专有名称！这是我的一项天赋。对了，我是博士。"

"我知道，所以我们才会来找你。"她突然皱着眉头说，"不过，你跟雕像长得不太一样。"

"什么？"

对话盒子突然闪烁起了蓝光。"莉希尼亚，"里面传出维特斯的声音，"你还好吗？"

博士装出咬字清晰的上流社会口音说："莉丝现在没空，你是哪位？"

"博士？"里面传出了格兰姆清晰响亮的声音，引得莱恩和亚兹纵身一跃，抓住博士的手腕，争先恐后地对他说话。

"格兰姆！"亚兹喊道。

"你还好吗？"莱恩说。

"他怎么知道是我的声音？"博士惊叹道。

"听到你们的声音，我好多了！"格兰姆告诉他们，"博士、亚兹，我看见你们出现在战场上了。还有，莱恩，我们走散的时候——"

"我能继续说话了吗？"维特斯夺回了通信器，"莉丝，看来你抓到了我们的目标。"

"他要杀了你，头儿！"格兰姆喊道。

"他接到了杀你的命令，"莉丝灵巧地从博士手中拿过对话盒子，"但他绝不会奉命行事。"

"我可以作证。"莱恩说。

"维特斯，"莉丝继续说，"我和莱恩他们在地下墓室里。博士说我们得——"

"那个伟大的神秘人，"维特斯急切地问，"是男人还是女人？"

"女人！"

"她长什么样子？"

"没时间了！"博士抢话道，"维特斯，你必须说服埃提乌斯停止战斗，莉丝也会这么做的。"

"停止战斗？但埃提乌斯绝不会向匈人投降的。"

"那就如坦崔姆所愿了！她们巴不得死的人越多越好。"博士闭上双眼，紧紧捏着通信器，"现在快联系他，说服他，求求你们了！"

"好吧。"维特斯顿了顿，"莉丝，我们正在返回基地的路上。你出去时务必当心，坦崔姆就在附近活动。我们亲眼看见一个坦崔姆冷不丁地冒出来，随意烧死了一个逃兵。"

"烧死的？这倒新鲜。"

"她说那个人被污染了。"格兰姆插嘴道，"但他分明很健康，我之前给他涂过治愈药膏。这个坦崔姆的同伴死在了埃提乌斯的帐篷里,她可能是来报仇的。"

亚兹接过话头,"是治愈药膏杀死了那个女巫,我不知道原理如何,但她的能量都失控了。因此,其他坦崔姆不得不把她排出去。"

格兰姆皱起了眉头,"然后重生?"

"不,她不能重生了。"博士若有所思地说,"她永远死了。"

"尽快到这儿来,格兰姆。"亚兹把对话盒子递给莱恩。

"拜拜。"他说,"注意安全,好吗?"

"我尽量注意。"格兰姆回答道。

莉丝接过对话盒子,"我得赶紧联系长官了。"

"对,去吧。"博士掀开前额的头发,陷入了沉思,"能量失控,不能重生……也许是因为药膏恢复了生命力,而坦崔姆则以死亡和腐烂为食。"她指了指四周,"所以,在很久很久以前,她们便占领了地下墓室,把这里变成了藏身之所。"

莉丝目瞪口呆地盯着她,"什么?!"

亚兹摇摇头,"博士,她们的巢穴在天上,不在地下。"

"一千多年前,幼虫藏在土壤中,直到长大才破土而出,飞上树梢。"她用手指模拟着蠕动的昆虫,"她们刚到地球时,在这里养精蓄锐,不断生长,将自己的DNA与当地人糅合,然后开始重生。"

"你有什么证据?"莉丝质问道。

"证据藏起来了。"博士突然露出笑容,"幸好,我灵敏的鼻子能够嗅出外星科技的味道。实话实说,我真的能行!"她敲了敲墙面,找到一块极不显眼的石板,"外星科技入门篇:这是一个门把手。"

她对准石板启动音速起子,石头在轰鸣声中缓缓打开,寒冷、难闻的空气从地洞中吹了出来。室内的景象把莱恩吓得直往后缩:一座祭台摆在中间——更可能是一张石桌——周围摆放着奇怪的设备,桌面上躺着一副扭曲的人类骨架。

"那是什么?!"莱恩大声惊呼。

"坦崔姆的试验品。"博士嗅着空气猜测道,"这些年来,女巫一定制造了很多试验品,而且经历了一代又一代测试。因克里和她的姐妹们必须检查基因改造的进展,以便进行更正和调整。"

莉丝看着她,"你说什么?"

博士走出地洞,向大家解释因克里在阿提拉的帐篷里对自己说的话。在惨淡的灯光下,亚兹发现莉丝的脸越来越苍白。

"你说得对,莱恩,坦崔姆给我们的种子有问题。"莉丝按住自己的肚子,"安东尼瘟疫其实是她们制造的,对不对?那些幸存者……都被改造了?"

"也许他们的抗体受到了什么改造……"博士上下打量莉

丝,然后笑着说,"观察力不错。我喜欢她,莱恩,多亏你找到了她。"

"其实是她找到了我。"

"我追了他好几英里。"莉丝说。

"但他值得你这样做,是不是?"博士说着,亲切地拍了拍莱恩的肩膀。

突然,不明物体从他们头顶上方呼啸而过,地道随之震动起来。莱恩的笑容逐渐消失,那是马儿、斯特拉瓦兽,还是成千上万逃命的士兵发出的响动?

"也许我们都应该追着莱恩,"亚兹夸张地说,"从这儿逃跑。"

"快来。"博士找到墙上的另一块小石板,用音速起子扫描着它,"让我们继续探索坦崔姆的科技吧……"

## 27

阿提拉汗流浃背，全身紧绷，犹如一张拉紧的弓弦。他注视着自己的士兵扑向一头受伤的斯特拉瓦兽，竭尽全力躲避尖牙和利爪，努力把它打倒。野兽仿佛淋在血雨中，对撒落的箭矢发出了轻蔑的吼声。遇害的士兵死而复生，在它的利爪下颤抖，苍白的血肉沸腾着涌出，密封了敞开的伤口。

这一幕似曾相识。

阿提拉转过身，从侍卫手中接过长颈瓶畅饮起来。截至目前，双方已经交战了两次，规模都十分巨大，战况也相当混乱。跛行的尸体伺机加入战斗，直到每一寸焦干的平原都浸透血液。最糟糕的是，历经恐惧和杀戮之后，罗马人占领了山丘。

斯特拉瓦兽终于被打倒了，完成任务的幸存者发出此起彼伏的欢呼声。阿提拉知道，自己必须利用好每一场胜仗，哪怕是微不足道的战斗。"看哪！我们战胜了罗马的野兽！"他对自己的士兵大喊，展现出他们熟知的雄狮之姿，"看哪！敌人都吓得躲到了高地，他们畏惧我们在平原上所向披靡的力量。这场战争的荣耀必将属于匈人！"

不过，他在慷慨激昂地对手下宣讲时，仍然感到十分不安。苍白染血的尸体站在一旁低语，不断抽搐。他总是告诉手下，战斗成功取决于纯粹的武力——砍断敌人的神经，让他们无法反抗你。但现在，双方士兵都拖着支离破碎的身体战斗，死去的匈人不听从撤退或休息的命令，只是一味进攻。

阿提拉心知肚明，这些匈人尸体追随的并不是自己，也不是为自己而战。他们都是女巫的傀儡，跟渴望鲜血的斯特拉瓦兽一样。在匈人的面具下，隐藏着一张张恶魔的脸。

他仰望天空，仿佛看见因克里和她的姐妹在云层中露出讥讽的表情。如果我要死在这里，阿提拉心想，请让我死在活人手中，而不是没有思想的死人手中——活人的心脏尚且会因为仇恨而搏动，死人却连剑都握不稳。

远处沉闷的雷声原来是穿越平原的马蹄声，只见罗马大军径直冲向匈人前线。来吧！阿提拉已经做好下一次冲锋的准备了。他骑在气度非凡的白马上，再次举剑示意士兵们跟上来。

横笛和号角的声音响彻云霄，鼓声撞击着士兵的耳膜。不久之后，所有声音都淹没在五万士兵异口同声的呐喊中。其中，阿提拉的怒吼最为嘹亮："冲——啊——"


莱恩跟随博士走进密室，听见了自己剧烈的心跳声。亚兹紧紧地跟着他，莉丝则走在最后。她一直在尝试联系战场上的罗马长官，但一次也没打通。

博士带领他们穿过许多间跟刚才相似的"手术室"，不同受害者的尸骨同样被遗弃在祭台上。接着，一堵墙轰然打开，露出一间狭长的密室。变形的巨大水晶从天花板上垂下来，地上覆盖着土壤和远古农作物的空壳。

"这些是坦崔姆制造的农作物，"莉丝细看起来，"是送给我们的礼物。"

"希望你们不会变得跟这些农作物一样。"莱恩低声说。

她扬起眉毛，"一样没命吗？"

"我不是这个意思！"莱恩抗议道。

"别激动。"亚兹说，"博士，你想在这里找到什么？"

"连接。"她含糊地说着，激活了墙上的另一块石板。

又一扇门打开了，里面散发出动物园兽笼般的臭味儿，而且十分浓郁。

莱恩差点噎住了，"啊，真恶心！"

"这里发生了什么？"亚兹指了指扭曲的巨型野兽干尸，它们被随意地丢弃在这间实验室的地上，"我——的——天——哪！"

莉丝下意识按着自己的肚子，"它们看起来有一点儿像斯特拉瓦兽。"

"女巫一步步改造，"博士停下来观察尸体，"让进化染上了邪恶的色彩。她们是怎么做到的？"

"做到什么？"亚兹问。

"怎么创造出死而复生后受她们控制的生物？"

莱恩伸出手，摸了一下从墙上露出来的水晶，它表面发黑，布满裂纹。水晶碎片啪的一声落在地上，把所有人都吓了一跳。"对不起。"莱恩立刻开口道。

"水晶里好像有什么东西。"亚兹拽出一只似乎是由金属制成的导管，"女巫的老巢里也有这种东西，可以用来控制物体。"

"也许，水晶是容器。"莱恩猜测道。

"或者是充电器。"博士接过那奇特的设备，翻来覆去地检查起来。

"我听不懂你们说的话。"莉丝说，"你们的意思是，这是坦崔姆的工具？"

"是的。"博士启动音速起子，导管瞬间闪烁出金光，"我从因克里的话中猜到的。"导管的一端像吹泡泡一样长出三颗全息水晶，螺旋状的物体在里面转动着。"这是基因调制器……"

亚兹抢先莱恩一步揭开了物体的真面目，"里面是DNA吗？"

博士对她露出了灿烂的笑容，"是的。"

"什么是DNA？"莉丝问。

"不准提问题。"博士说,"但我很喜欢你,所以你可以问。一般而言,DNA看不见也摸不着,但构成了所有生命。"

"不,"莉丝说,"生命是由黑胆汁、黄胆汁、黏液和血液构成的[1]。"

"或者你可以称之为腺嘌呤、胸腺嘧啶、胞嘧啶和鸟嘌呤。"博士拍了拍基因调制器,"这里有好几种动物:狮子、犀牛、狼等等。它们的DNA糅合在一起,创造出了杂交生物斯特拉瓦兽。"

"为了寻找最致命的动物杀手,"莱恩说,"坦崔姆肯定环游了世界。"

莉丝点点头,"有些古老的记录确实表明她们曾和野兽待在一起。"

博士移动着几颗新的水晶,就像一个变戏法的杂耍人。"在死亡的瞬间,是哪种成分发挥作用,改造大脑和身体,形成了新的范例?"她从另一颗水晶中摘出不同的样本,里面显现出DNA的扭曲形态,"我明白了,是你们在发挥作用。"

亚兹耸了耸肩,"坦崔姆的DNA?"

"坦崔姆因子。"博士冲回前面那间密室,用导管的另一端碰了碰农作物的枯叶,上面顿时迸出黑色的火花。博士再次启动

---

1. 希波克拉底在《人的本性》一书中提出的概念。

音速起子,切换不同的发光水晶和样本。"一定有相符的……"她自言自语道,"找到了!"同一种扭曲的DNA在金光中缓缓旋转起来。

"它被糅合到农作物里了吗?"莱恩惊奇地吹了一声口哨,"我猜,死人的身体里也有,对吗?"

"肯定的。"博士说,"坦崔姆改造原本活得好好儿的生命,将自己的因子以某种方式糅合在里面,摧毁原始DNA,按照自己的意愿赋予生命新的力量。"

"重写DNA。"亚兹说,"所以才有了奉命监视和进攻的鸦群,以及只追杀活人的死亡大军……"

"还有只攻击人类的斯特拉瓦兽。"莱恩补充道。

"对了!这里还有什么奇珍异宝?"博士问。

"东西都在隐匿之厅里。"莉丝说。

"隔了好几英里呢。"莱恩叹了口气。

"我可能知道一条近路。"博士研究了一番被称作门把手的石板,"你们知道她们是如何瞬间移动的吗?不是凭借魔法,而是——"

"通过短距离传输。"亚兹提醒她,"你说过我们被屏蔽了。"

"她们只是屏蔽了地面和天空之间的通道,但我们现在位于地下——"

"可以使用不同的通道。"莱恩说。

"再加上运气！"博士启动音速起子，一幅地下墓室的平面图在石板上徐徐展开，线条闪着金光。"这是坦崔姆殖民地的示意图。"博士用起子指了指左上角的巨大方块，"这里是隐匿之厅吗？"

"看起来很像！"莉丝说。

"那就快走吧！"博士不假思索地走进了墙壁。随着能量运转的嗡鸣声，她闪烁着消失了。

"博士打开了一条通道！"莉丝拉着莱恩一起冲向墙壁，"哦，我疲惫的双脚多么开心啊！"

亚兹看着他们在金光中消失，把自己留在了原地。她突然想起孤零零的咬綮，不禁感到悲伤和担忧。"注意安全，伙计。"她轻声说。

"我很安全！"莱恩从墙壁里探出头来，"谢谢！"

亚兹皱起了眉头，"我说的是阿提拉的马儿！"

"好吧，你说的是咬綮。"

"本来就是！"

"你瞧，我回来找你了，亚兹，因为你值得我这样做。"

"哦，闭嘴吧⋯⋯"亚兹一边嘟囔，一边跟着他穿过了墙壁上隐形的门。

阿提拉在马鞍上前倾，双腿紧紧夹着自己的新坐骑。银白色的军旗在半空中随风飘扬，士兵身着锃亮的盔甲聚集在他两侧。侍卫手执巨大的盾牌跨坐在马背上，他们唯一的职责就是帮长官挡下长矛和箭矢。另有两人紧紧跟在阿提拉身后，手里牵着另外几匹装备齐全的战马——如果坐骑受了伤，阿提拉就能及时换马。他没有听见马蹄的嗒嗒声，没有看见飞扬的红色尘土，只是一心注视着黑压压的敌军压境，打量着探出盾牌的罗马人的脑袋。

他的战马疾驰如风，冲进前线，冲撞间发出了刺耳的嘎吱声。阿提拉发出一声呐喊，向罗马步兵砸下手里的木制狼牙棒。侍卫忙于应战，为他拦下周围的袭击。突然，一根长矛直直地扎穿战马的脖子，刺进了阿提拉的腹部。他立即伸手折断长矛，拔出尖端，将它扔向尖叫的士兵。坐骑剧烈地颤抖起来，前腿踢向攻击者，但阿提拉已经敏捷地翻下马背，跳上了另一匹战马的马鞍。他看见身后的恰克那坐在一匹灰色牡马上，准备发动下一波进攻，射出了一串箭矢。阿提拉立刻带领士兵撤离战线，以便恰克那的阵列冲上来继续战斗。战争仍在继续，步兵溃败后，一波又一波骑兵冲上了前线。

阿提拉离开前线时，看见死去的罗马士兵已经重新站了起来。他们翻过堆积如山的尸体，无所畏惧地扑向匈人骑兵，无视刀剑和狼牙棒的攻击。忽然，混战中响起恰克那的尖叫声，一支长矛插进了他的后背。然后，其他士兵的搏杀占据了阿提拉的视野。

可是，阿提拉突然反应过来，那支长矛握在一个匈人手里，攻击自己部下的也是死而复生的匈人尸体。他震惊地掉转马头，又猛然勒住马，不愿相信自己的双眼，但事实就是这样：匈人尸体无视所有命令和请求，肆意地残杀同胞。罗马人也陷入了苦战，对身边的尸体挥舞着刀剑和长矛，无论是敌是友。

阿提拉发现侍卫正盯着自己等待命令。他转身举起剑，两次刺入空中。号手看见他的动作，吹出了悠长低沉的撤退信号。银白色的军旗像幽灵一般在奔腾的骑兵队伍上方飘扬，士兵跟随阿提拉撤下了血腥疯狂的战场。此刻，士兵不再为了高卢和罗马帝国的未来而战，战场上只剩下生者和死者之间的战斗。

## 28

因克里畅想了一番地面上的慌乱景象，对恩卡洛笑着说："我们的战士正在杀死平原附近的所有生物，无差别死亡将加速实现。"

"经过长达数世纪的等待，"恩卡洛抚摸着姐妹的脸，"我们将再次变得美丽。"

"但我们还没找到博士。"因克里眯缝着双眼，"继续搜索，她和她的同伴必须被毁灭。"

"这个可怜的家伙也被女巫杀害了。"格兰姆悲伤地盯着货车旁的一堆灰烬。他和维特斯前往地下墓室时，在之前遇到商人的地方稍做停留。

"为什么要烧死他？"维特斯疑惑地问，"她们对那个奴隶做了相同的事情。"

"她们肯定很厌恶治愈药膏。"格兰姆说，"这个商人的脸和鼻子被打破了，所以我给他抹了药膏。"

维特斯看着他说:"对普通公民使用外星科技是不负责任的行为。"

"喂!是谁用激光枪轰走了匈人?"格兰姆叹了口气,寻思狄奥多里克是否也会落得相同的下场,"很抱歉,我不知道他们会因此……丧命。"

"现在说什么都于事无补了。"维特斯说,"我得尽量保护好你,如果坦崔姆在追杀每一个接触过药膏的人……"

格兰姆倒吸一口冷气,"下一个可能就轮到我了!"

莱恩和亚兹坐在隐匿之厅里,看着博士在迷烟军团的藏品中翻箱倒柜。莉丝已经是第二十次联系埃提乌斯了,可后者始终没有应答。博士又将一箱像是摆件的电子设备倒在陈旧的石板上,莉丝情不自禁地蒙住了双眼。

"轻点,博士!"她恳求道,"其中一些已经有上百年的历史了!"

"有一些确实很古老。"博士赞同道。

"你在找什么?"

"任何用得上的东西。"博士宣称,"希望我一看见它就能认出来。"

一个灰色的蛋形装置滚落在地,莱恩弯腰想把它捡起来,却被蓝色的钢制圆筒绊了一跤。"哎呀,对不起,莉丝。"

"当心那枚大角星手榴弹。"博士继续翻找藏品,"它也许还能用。"

亚兹皱起了眉头,"你说什么还能用?"

莱恩愣在原地,吞了一下口水,"哪个是手榴弹?"

"两个都是。等蓝色变成灰色,手榴弹就会砰的一声爆炸!"博士抬起头,皱着眉头,"我怎么不知道大角星人侵略过地球?也许,他们只派来了先遣兵。外星飞船在地球上迫降时,我不可能每次都在场。我想应该是坦崔姆赶走了他们,毕竟,她们要保护自己的地球资产。"

莉丝放下通信器,"她们到底是怎么来到地球的?"

"我猜,她们口中的洞穴可以跨越宇宙,把她们传送到能够开采生命的星球上。"博士像家猫一样潜行着,在货架上和灰扑扑的角落里翻来翻去。她显然坚信自己想找的东西就在这里。"为了返回原来的宇宙,她们以地底为床铺,并想办法填满洞穴。"

"一个在天上隐藏了一千年的洞穴?"

"不如说是坦崔姆宇宙飞船的一部分。她们的飞船接入高空中的对地静止轨道,隐匿在瞬间移动环里,然后静静地蛰伏。"

"瞬间移动环?"亚兹试着跟上思路,"你的意思是,她们的飞船隐藏在两个世界之间的缝隙里?"

"答对了!"博士对她露出温柔的笑容,"坦崔姆的本体是不断变化的能量,她们的物理形态则是这种拥有生命的能量的投射。"

莉丝和莱恩茫然地望着对方。

"一旦她们的肉体死去,能量便得到释放,回到了坦崔姆的老巢。"博士继续说,"而且,她们能把活人一起带回去,亚兹已经体验过了。"

"幸好你平安地离开了那儿。"莱恩说,"上面是什么样子的,亚兹?"

"枯萎的森林和大教堂的结合体。"她耸了耸肩,"那里有石头祭台——就像我们在密室里看到的那种——枯木上还长出了水果形状的水晶……"

"我应该不会想吃这种水果。"莱恩说。

"莱恩,你提醒我了!"博士突然抬起头望向半空,"你们把桃子、李子和杏子里面的那块硬东西叫作什么?果核!而在果核里……"

"藏有种子,"亚兹意识到,"可以萌发新的生命。"

"或者新的死亡。坦崔姆和那些尸体说的并不是洞穴,而是果核。对于可怜的女巫而言,她们的'果核'集宇宙飞船、物种库和营养室于一身。"博士继续在板条箱中搜寻,"做得好!你们都聪明极了。"

莉丝放弃呼叫埃提乌斯,叹了口气,对博士的话将信将疑。

"哪种生物的生命周期会这么奇怪？"

"蝉！"博士反驳道，"这种生物会在地下蛰伏十七年，爬到地面后在两个月内完成交配，然后失去生命。"

莉丝看着莱恩，"这也够奇怪的。"

"这样天敌就很难抓住它们。"莱恩说，"可能这也是坦崔姆的目的。"

"顺便解释了为什么博士的到来会令女巫胆战心惊。"亚兹补充道。

"她们也是适应环境的奇特生物，就像你之前在塔迪斯里提到的兀鹫一样。"

"但她们还需要一些帮助。"她从板条箱底部掏出许多只小金属导管，"你们瞧！翻译元件。"

"翻译什么？"莱恩说，"语言？"

"将 DNA 的语言用坦崔姆的文字翻译出来。"博士从口袋里取出基因调制器，将其中一只导管插了进去，"她们不仅创造出斯特拉瓦兽和农作物，还通过糅合 DNA 变成人类的样子，在你们之间生活，一步步开展行动。"

"为什么有这么多只导管？"莉丝问。

"坦崔姆经历了一场摧毁古老文明的战争，生命因此变得极具毁灭性。她们肯定进行了无数次尝试，诱发了无数种突变，"博士朝角落里木乃伊化的尸体点了点头，"才让坦崔姆因子在活物中稳定下来。"

莱恩难以置信,"她们为了生存下来……"

"生存是第一要义,也是生物的特权,哪怕这样做会伤害其他生物。"博士叹了口气,"你们知道吗?有一种寄生虫生活在特定的蚂蚁身上,将宿主的腹部拟态成红浆果。等喜欢浆果的鸟儿吃下蚂蚁,寄生虫便随着粪便排出。其他蚂蚁收集粪便哺育幼蚁,又在不知不觉间延续了寄生。"

莉丝看起来一阵作呕,"所以,人类就像是形似浆果的蚂蚁?"

"哦,不是,不仅仅是人类。"博士缓缓地说,"恐怕因克里和她的姐妹将整个动物王国也制成了靓丽的浆果。"

"问题是,"莱恩说,"我们该如何阻止她们?"

这时,他们身后传来一个同时以两条声线说话的声音:"你们无法阻止。"

莱恩转过身,看见一个坦崔姆飘浮在半空中,扑向了博士。她拖着长发,伸出了爪子般的手。

## 29

莱恩想冲上去拖着博士逃跑,却无法移动,亚兹也一样。因为生来就受到坦崔姆的影响,莉丝完全被钉在了原地。

博士奔向隐匿之厅的一个角落,但女巫瞬间赶上她,手指伸向了她的喉咙。

突然,随着一阵尖锐的枪声,一道红光击中了坦崔姆。她发出愤怒的尖叫,在光芒中爆炸了。

"我……没想杀她。"格兰姆穿着罗马人的服饰,手握一把激光枪,神情跟其他人一样惊讶。他和维特斯正站在隐匿之厅的门口。

"你没有杀她,格兰姆!"博士说。

她奔向格兰姆,"你只是把她送回去了,时机正好!对了,你的衣服真不错!"

"大家终于重聚了!"莱恩说着,同亚兹一起露出了灿烂的笑容。

"你一定就是维特斯了。"博士向前抓住他的手,"你是不是会跳舞？[1]"

"相信我，他不会。"莉丝插嘴道，"坦崔姆是怎么找到我们的？是不是因为我的马拴在外面泄露了秘密？"

"因克里和她的姐妹能监控地面上发生的所有事情。"博士说，"也许，她们跟踪了格兰姆。"

格兰姆垂头丧气地说："你觉得是我把女巫引过来的？"

"无论你在哪里，她们最终都会找到我们的。谢谢你没有暗杀我，维特斯，我真的很感激。"

维特斯瞪着她，"你和雕像一点儿也不像。"

"其他人也这么说。你联系到埃提乌斯了吗？"

"他主动联系了我。"维特斯说，"我的对话盒子亮了，但除了战场上的声音，我什么也听不见。"

"他可能一屁股坐在手机上了。"莱恩说。

"什么？"

"莱恩的意思是他可能不小心打错了。"亚兹解释道，握住了维特斯的双手。"你好，"她一边说，一边快速瞥了莱恩几眼，"我的朋友们都叫我亚兹。"

莉丝跑过来抱住维特斯，把亚兹挤到了旁边。"你终于回来了，表哥！"她又亲了亲格兰姆的脸颊，"还有这位朋友，好隆

---

1. 博士指的是圣维特斯舞蹈症，该症表现为不受控制地跳舞，直至力竭而死。

重的出场！"

"估计女巫没有料到罗马人会使用激光枪，"格兰姆看起来很高兴，"或者说假扮罗马人的外国人。"

"我觉得她们不会再放松警惕了。"博士说，"现在，她们已经知道了我们的位置，知道大家都聚在一起，一定会回来的。我需要时间思考阻止她们的方法，可她们一定会百般阻挠。"她用音速起子对准墙壁，年代悠久的石板上再次浮现出发光的平面图。维特斯震惊地后退几步，后脑勺撞在了身后的圆柱上，格兰姆则只是饶有兴致地看着博士。"如果这里是坦崔姆在最虚弱时使用过的巢穴，她们很可能安装了入侵预警系统……"

维特斯问莉丝："她说的'巢穴'是什么意思？"

"等会儿告诉你。"她对维特斯说，然后盯着博士，"这一片都是迷烟军团的管辖范围。"

一个球体出现在博士面前，展示出战场上的画面，仿佛是由半空中的无人机拍摄的。

"监视镜头？"莱恩猜测道。

"鸟瞰视野，而且真的是由鸟儿拍摄的。"博士不停地切换镜头，"我好像黑进了坦崔姆的监视网。"她用音速起子把监视画面拖到了半空中，"你们每个人随便挑几个监视器，然后盯着这些画面。如果有问题就立刻通知我。"

"好的，博士。"格兰姆说。

"这样我们就能看守入口和出口,"维特斯惊叹道,"而入侵者却不知道自己已经被盯上了!"

亚兹微笑道:"只不过对于女巫而言,我们才是入侵者。"

莱恩对莉丝说:"这里还有其他外星武器吗?也许用得上。"

"有大角星手榴弹。"莉丝提醒他。

"不,不,不!"博士摇了摇头,"手榴弹会把整片区域掀飞的!"

"好吧。维特斯?"莱恩决定问问这个大个子,"除了那把枪,你还见过其他可以发射的东西吗?"

维特斯沉迷于战场上的画面,没有回答他。"太惊人了。"他喃喃自语道,"你们知道吗?柏拉图曾经说过:'只有死者才能见证战争结束。'"

格兰姆轻柔地哼了一声,"他现在可能正气得在棺材里辗转反侧。"

亚兹指着其中一个监视器,"博士……"

莱恩看了过去,立刻希望自己没有见到这幅景象,"哦,我的天哪!"

死去的罗马人在远离战场的匈人营地中横冲直撞,一头受伤的斯特拉瓦兽蹒跚地跟在后面。他们在追杀眼前的所有人和动物,无论是铁匠、厨师、伤员还是牛马。

"坦崔姆改变了策略。"博士感到一阵作呕,移开了视线,

"现在没什么交战方了，只好尽量杀死所有活物。"

莱恩点点头，"无论她们长时间以来在盘算什么，现在都已经万事俱备了。"

"说到交战方，那不是阿提拉吗？"亚兹指了指另一个监视器。博士用音速起子放大了画面。混战的匈人中，一个身影站在染血的旗帜下，举剑击退了三个挥舞着狼牙棒的士兵。

莱恩的心跳加快了，"那不是阿提拉，而是布勒达。"

"布勒达其实是阿提拉。"亚兹用手肘捅了捅他，"你该补补课了。"

"哇！好吧。那个人绝对是阿尔普，对吗？"格兰姆咬着嘴唇，"为什么阿尔普在攻击阿提拉？"

"因为阿尔普死在树林里，已经变成僵尸了。"亚兹说，"你也该补补课了！"

"阿提拉必须停止战斗。只有他下令，士兵才会撤退。"博士说，"每拯救一个生命，坦崔姆都会受挫。"她用手指戳了戳监视器，"维特斯、莉丝，这是哪儿？"

"这里靠近我和莱恩发现你们的地方。"莉丝回答道，"平原的左侧。"

"如果他要来这里，"亚兹说，"他的军队就会看到我们。"

"如果我们想拯救这些士兵，就必须开辟一条更宽的路。"博士敏锐的双眼扫视着众人，"我想让你们做这些事……"

白色的坐骑被砍倒了，阿提拉踉跄地逃离混战的骑兵，翻过了一头斯特拉瓦兽血淋淋的残骸。三具尸体同时追捕着他，阿尔普赫然在列。他们吃力地爬过亮出獠牙的野兽尸体，手中挥舞着狼牙棒。

"你竟敢攻击自己的首领？"阿提拉怒吼道，"我们情同手足，你这个蠢货！"他俯身砍倒了其中一个敌人的双腿，又举剑击碎了另一个敌人的狼牙棒，但被阿尔普的武器呼啸着击中了胸膛。阿提拉倒在泥地里，一时喘不过气来，但很庆幸狼牙棒的木刺没有穿透盔甲。

阿尔普扑向阿提拉，苍白的脸上没有显现出胜利的喜悦。突然，一道黑影嘶鸣着横在他们中间。一匹黑马抬起前腿，踢中阿尔普的胸膛，把他推回了血腥的混战中。阿提拉欣慰地笑了起来。

"咬鬃！"阿提拉抓住缰绳站了起来，"你绝不会当逃兵的。"咬鬃眼神呆滞，口干舌燥，马腹上有很多皮屑。

又一具尸体颠簸着靠近，向阿提拉举起了剑。他还没来得及做好准备，一把斧头便从他身后飞出，呼啸着擦过耳朵，插进了尸体的肩膀里。两个罗马士兵冲上前来，持剑对战死去的匈人。

阿提拉转过身，看见埃提乌斯带领五十个士兵持剑指着自己。"你好，老朋友。"罗马统帅说，"我救了你的性命，你会向我致谢吗？"

"你老了。"阿提拉回答道，"你一定是昏了头，才会以为我需要被人解救。"

"也许，昏了头的不是我。"埃提乌斯放下了剑，"我们都需要获得解脱，阿提拉。我们这一生都靠征战获得好处，可是你告诉我，今天的战斗能带来什么好处？"

阿提拉凝视着平原，上面的尸体堆积成山。"这场战斗既不能带来荣誉，也没有什么意义。"他总结道。

"我建议停战。"埃提乌斯说，"我们应该结成联盟。"

阿提拉看见西哥特王子多里斯蒙德站在埃提乌斯身后，浑身是血，模样十分英勇，后面还跟着一群蓬头垢面的士兵。"你同意吗？"阿提拉问道。

"我同意。"多里斯蒙德说，"我们合作吧，停止战争。"

"你很有国王的风范，多里斯蒙德。"埃提乌斯说完，向阿提拉伸出了手，"命令你的士兵跟我们一起撤退吧。"

阿提拉只是瞪着那只伸出的手。

"快点，你这个固执的家伙！"埃提乌斯冲斯特拉瓦兽的残骸点了点头，"我们应该是战士，而非斗兽场的玩物！别管死者了，为自己而战吧！"

这时，随着震耳欲聋的爆炸声，一道焰火直冲天际。马群惊慌暴跳，鼻孔大张。许多人恐惧地跪拜祈祷，任由泥土和石块纷纷溅落。只见尘土中现出一个人影，阿提拉立刻举起了剑。

那人正是亚兹。

"女巫，"阿提拉低吼道，"你真的惹怒我了！"

"别提什么女巫了，我可没法儿不声不响地引爆一枚大角星手榴弹。你别那么执拗，赶紧和他们握手言和，好吗？"她双手叉腰，"你们都得躲进地下墓室。"

阿提拉阴沉地笑了笑。她和博士都是狡猾的女巫，他心想，她是怎么逃走的？或许，他应该相信她们的魔法。

亚兹看着阿提拉身后的死亡大军逐渐逼近，"快点！"

一个面色苍白、身着铠甲的女人走了出来。"这个地下墓室可以容纳所有人。我们必须尽快把入口封起来，以便拦住那些尸体。"她冲埃提乌斯鞠了一躬，"您同意吗，长官？"

"我相信这个人。"埃提乌斯宣布。

阿提拉也不甘示弱，"我相信亚兹。再不行动，我们就要死了！"他打量着冒烟的洞口，看见年轻的女巫在里面招手示意，"另外，我也相信墓室里的古老尸骸。它们知道该什么时候安息。"

他爬上斯特拉瓦兽的残骸，举剑号召手下的士兵。"战斗每况愈下！"他喊道，"死人爬出地面，而我们则要躲进地下。现在，我命令你们与曾经的敌人团结一致，并肩作战，不做死而复生的僵尸！"

## 30

莱恩上一次担任引导员还是在学校开放日。即将毕业的他站在门厅外,给新生和家长指路,但指错了不少方向。今天是他一雪前耻的好机会。当然,在学校里指路可不用穿过一堵闪着金光的隐形墙壁,而且,也没有这么多马儿。不过,它们跟咬鬃一样,不怎么让人费心。

"感谢你的服务。"他对一匹毛发蓬乱的灰马说。马儿看着他,仿佛受到了冒犯。

士兵们不太乐意穿过这堵闪烁着微光的墙壁——这种顾虑合情合理——但莉丝向他们保证通道绝对安全。

埃提乌斯对维特斯打了个招呼,后者朝他敬了个礼。"我很高兴你收到了打开墓室的指令。"

"长官,其实这是博士的主意。"维特斯坦白道。

"我的女巫!"阿提拉大笑着点了点头,"没错,她有很多鬼点子。我真想砍下她的脑袋,数一数里面到底有多少好主意。"

"也许,"埃提乌斯说,"没有杀掉她是件好事。"

阿提拉沉下脸来,"只不过还没到时候。"

死去的士兵正拖着脚步走向他们,莱恩手持一把灰色的爆能枪开了火。这把枪是维特斯从藏品堆里找到的,看起来很酷,就像《星球大战》里的硬核武器一样。莱恩无论如何都不打算朝尸体开枪,哪怕知道他们已经死了,因为他经历过惨痛的教训——在有枪的前提下,情况只会加速恶化。所以,他把枪调到最高模式,只朝他们跟前的地面开火,炸出巨大的坑洞和壕沟,拖慢他们的脚步。

"快走!"亚兹喊道。她听从吩咐,把阿提拉和埃提乌斯带去博士身边。

莉希尼亚正忙着转移其他士兵,把他们安置在大厅的回廊里。无论是匈人、西哥特人还是罗马人,都跟其他人一样臭得要命。如果敌人入侵,这些士兵可以及时防守主要入口。等最后一人离开后,她会和莱恩一起击落天花板,拦住死亡大军。

"好了,莱恩!"亚兹喊道。她镇定自若地站在古代的两大首领之间,感觉好极了。阿提拉和埃提乌斯仿佛只是两个醉汉,因为在千禧画廊[1]外扰乱治安而遭她扣留。不过,莱恩知道,她看似平静,其实内心没什么把握。她的要强更加打动了莱恩。

---

1. 英国谢菲尔德的艺术画廊和博物馆,于2001年开馆。

"我会把发光的通道给你留着。"她说。

"待会儿见。"莱恩看着三人消失在了金光中。他握着枪，转身对莉丝说："最好现在就把入口堵上。"

"最好不过。"莉丝把莱恩挡在身后，用自己的枪朝破烂的天花板射击了三次。大片瓦砾掉落在地，发出一声巨响，莱恩赶紧捂住了耳朵。

莉丝亲切地拍了拍他的脸颊，"我的枪法如何？"

"别炫耀了。"他眨了眨眼，表示自己在开玩笑。

莱恩不小心被飘浮的灰尘呛到了，然后透过入口的缝隙往外看。死去的士兵站在另一侧，观察着，等待着，最后缓缓转身，准备追杀其他幸存者。萤火虫般的金色光点在他们周围飞舞。

"这些可怜人最后会怎样呢？"他问，"生存还是死亡？"

莉丝看着他，"现在很难分辨两者之间的区别。"

"我能分辨。"他笑着说，"有的人活着，而有的人则假装活着。"

莉丝凑上去，紧紧地搂着莱恩。

"我们是不是应该回去找博士？"莱恩打量着她的侧脸。

"马上。"她回答道。

格兰姆和维特斯留在外厅安抚人群，亚兹则赶去博士身边，想看她跟这场战争的两位首领相处得如何。另外，亚兹还得确保阿提拉不会因为力场发电器做过手脚而报复博士。

事实上,阿提拉正准备把力场发电器还给博士,至少他已经递过去了,但博士一直埋头用音速起子调整着莉丝的对话盒子。

"这件武器不能杀人,只会对空气耍把戏。"阿提拉等了许久没见反应,便直接把力场发电器扔在了祭台上,"我不应该对你报有期待,女巫。"

"哦,谢谢。"博士心不在焉地把它塞进口袋,继续捣鼓着对话盒子,"可惜没有能量了,我们现在真的需要一个充满能量的力场发电器。"她眨了眨眼,突然意识到是谁把它还给自己的。"啊,阿提拉!真高兴看到你活了下来,毕竟,你的故事还没有结束。看啊,埃提乌斯,很高兴见到你。"博士握住了最高统帅的手,然后转头对面色苍白的多里斯蒙德说,"你是西哥特王子,对吗?我刚才说了要见你吗?"

"懦弱愚蠢的父亲已经死了,现在,我是国王。"他高傲地回答道,"经由血缘指定。"

"你们这些哥特人啊……"博士摇着头感叹道,"听起来怎么像《血缘指定》是你们推出的第二张难听的专辑。"

埃提乌斯看见隐匿之厅遍地都是外星遗迹和高科技设备,不禁瘪了瘪嘴,"我还以为自己赞助的是耻辱军团。这些东西早该在几世纪前被他们销毁。"

"幸好没有销毁,这里的藏品可以拯救无数性命。"博士伸出了手,"请给我你的对话盒子。"

埃提乌斯没有照办,"为什么?"

"因为你是一个好人,真的,后人都称你为'最后一个真正的罗马人'。"

"按照她说的做吧,"阿提拉听起来很疲惫,"否则她接下来的话会让你崩溃。"

"好吧。"埃提乌斯把设备递给博士,"这幅恐慌的景象……必须停止。"他继续说,"这个地方发生的事情必须保密。"

"为什么?"博士惊奇地问着,几秒钟就卸下后盖,把两只对话盒子接在了一起。

"因为外星科技一旦被世人知晓,恐惧和迷信就会迅速传播,从此,我们的法律、理性和统治都将失去信服。我们得阻止普通公民了解魔法或其他未知事物。"

"所以就把外星科技密封在墓室里,假装这一切都没有发生?难道用手指堵住耳朵,声音就不存在了吗?"博士大声地说,"多么高贵开明,多么罗马式的作风!"

"也许,你做错了,埃提乌斯。"阿提拉说,"要让大众不了解任何东西,坦崔姆的方法简单得多。"他手扶剑鞘,"如果你想知道的话,我可以让你看看。"

埃提乌斯的脸上露出微笑,眼中却没有分毫笑意,"我今天已经看得够多了。"

"但还没有听够!"博士把对话盒子连在监视器上,"我请你们来这儿,是希望你们号召自己的士兵逃跑,逃得远远的。"

阿提拉看起来大为惊骇,"从战场上逃跑?!"

"可以这么说。"博士回答道,"但我更喜欢这种解释:让坦崔姆断粮。"

埃提乌斯沉思道:"所以事实上,你建议我们进行战略性重组?"

"更像是战略性撤退。"阿提拉说。

"我们如何能在地下墓室里命令士兵呢?"多里斯蒙德反问道。

阿提拉点点头,"我手下动作最快的士兵和马儿要么死了,要么走散了。"

"试试这个。"博士挥舞着音速起子,"好了!我接入了音频,而且扩大了输出音量。如此一来……"她凑近撬开的对话盒子,声音中洋溢着夸张的热情,"朋友们,士兵们!"从中传出的音量令大地颤抖,在平原上方隆隆作响,"请听一听你们首领的简短讲话。"她退到一旁,期待地望着阿提拉和埃提乌斯。

但多里斯蒙德第一个走了上去,"西哥特人,我是你们合法的新国王……"

"说快点!"阿提拉催促他,"我想对我的军队讲话。"

埃提乌斯摇摇头，"你得再等等了，阿提拉大人。"

"你晚点再下撤兵命令也没关系，埃提乌斯，反正罗马人最擅长逃跑……"

"哦，别斗嘴了。"博士疲惫地揉着双眼，走向了亚兹，"你在军团的藏品里找到什么好东西了吗？"

"维特斯给莱恩找了一把枪。"亚兹举着两个大小不一的圆柱体，"我找到了这些。"

博士眨了眨眼，"这是激光笔，另一个是喷漆。"博士接过东西摇了摇，"如果喷漆还可以用的话，我们就能画一幅壁画，然后用激光增强亮度，完美地分散敌人的注意力！"她看着亚兹，"你们从外面救了多少人？"

"大概一百个人和三十匹马。"亚兹告诉她，"但外面还有很多人，呼吁他们逃命这个主意真不错。"

"谢谢。"博士出神地凝视前方，"我估计坦崔姆可不这么想。"

坦崔姆的老巢里，因克里和恩卡洛听到阿提拉的声音如同一道惊雷，在平原上隆隆作响。她们感到一阵冷冷的愤怒。

"他和埃提乌斯、西哥特国王的声明一样，下令所有部队撤退。"恩卡洛咬牙切齿地说，"我们需要死亡，因克里。我们是仅存的坦崔姆，为了这一天已经精疲力竭，就快要……"

"我们将重获新生，我们的种族也会再次兴旺。"因克里向头顶的黑暗举起干瘪的双手，"开始吧。"

缓慢的心跳声响了起来，随着一阵嗡鸣声，恩卡洛不禁流露出既兴奋又畏惧的神情。"现在就开始吗？我们还没找到阿提拉的位置，还没杀了他，也没找到博士和她的同伴——"

"阿提拉躲在地下墓室里。"因克里低声说着，用长长的手指敲了敲鼻子。黑暗的巢穴中闪烁着金光。"我们可以轰炸战场，获得新鲜的尸体。一旦重新振作起来，我们就用武力闯进墓室，拿下他们。"

"外面发生了什么？"莉丝蹲在地上通过瓦砾间的缝隙向外窥视，莱恩跪在她身边。

阿提拉、埃提乌斯和另一个家伙的声音嘹亮无比。莱恩担心声音会造成塌方。与此同时，一道金光出现在空气中。

光线起初很微弱，旋风般环绕着，闪耀的火花溅落在平原上。然后，光线变成了明亮强烈的一大片光，足足能覆盖一座村舍，而它还在继续膨胀。

那片光缓缓向平原下沉，甩出了发亮的套索——先是一条，接着是十条、二十条……灼热的能量击中了战场上的人和动物。他们颤抖着站在原地，仿佛沐浴在能量的冲击波里。

莉丝惊骇地瞪大双眼，"这道光在赐予他们能量吗？"

"或者在汲取能量？"莱恩看见阿尔普的身体融入盔甲，就像一个血淋淋的雪人正在加速融化。光线就像是插进尸体中的吸管，使坦崔姆得以直接汲取其能量。除了活人，那些金光还瞄准了四分五裂的残骸。断裂的四肢颤抖着化为灰烬。

莱恩看见平原上方的光抛出越来越多的套索，逐渐改变了形状。一个不规则的巨大形体浮现出来——没有四肢，也没有脑袋——一边享用成千上万的尸体，一边越长越大，越长越畸形。它和云层之间迸发出无数道闪电，亮光划破夜空，照亮了黑色的金属外壳——坦崔姆的巨型飞船高悬于天空。

"这一切总会发生的，莱恩。为了今天，她们已经筹划了一千多年。"莉丝目不转睛地盯着在夜空中跃动的可怕闪电，"坦崔姆从死亡中汲取生命，她们正在重生。"

## 31

亚兹站在博士身边，凝视着战场上的恐怖景象，超自然光线正在扫射平原。阿提拉和埃提乌斯站在她们身边，迷惑不解地张望着。

"女巫在收割人类和动物……"亚兹低声说。

"为什么连地面都在燃烧？"阿提拉问。

"因为她们还要汲取植物、昆虫和小型动物的生命。"博士咬着指甲，"大自然已经准备了数世纪，它们的死亡将为坦崔姆贡献能量。"

格兰姆从外厅走进来，看起来备受惊吓。"可怜的家伙。"他指了指其中一个监视器，一匹黑色牡马对"灯光秀"抬起前腿，却被闪电击中，四分五裂。"那是莉丝的马儿……"

亚兹握住了格兰姆的手，"我们无法阻止她们。"

"坦崔姆就快获胜了。"博士低声说。

突然，所有监视器都显现出一模一样的画面，隐匿之厅里的众人都被吓了一跳。

因克里的身影显现出来,她在金光中颤抖着,周身迸出了火花。"就快获胜?"刺耳的咝咝声在冰冷的室内回荡,"我们已经获胜了。"

"我最后给你们一次机会。"博士说,"停止一切行动,然后离开地球,否则我会用自己的方式阻止你们。"

"你的方式就是躲起来。"因克里反驳道,"为什么要在监视器上观看呢?你们可以在现场亲眼见证我们的重生。"

地下墓室颤抖起来,如同一座被从天而降的导弹击中的地堡。

"我们遭到攻击了。"埃提乌斯不安地说。

"因克里也是。"阿提拉指着监视器,"你们看见了吗?她被大火烧死了!"

"恰恰相反。"博士摇了摇头,"她正在蜕变。"

"变形吗?"格兰姆问,"变成什么?"墓室再次摇晃起来,天花板簌簌落下灰尘,他赶紧牢牢抓着亚兹。

"她的真实形态。"博士回答道。

因克里咆哮着,粗喘着,声音越来越低,布满皱纹的皮肤裂成碎片,金色的双眼连同瞳仁融进了脸颊。她的嘴巴张得更大了,白蜡般的脸上仅剩一道没有嘴唇的豁口。在金色的风暴中,嶙峋的双翅从她佝偻的背上舒展开来。

亚兹看着角落里干瘪的木乃伊,"她们再也不用假扮成人类的模样了!"

埃提乌斯既困惑又恐惧,"这……这是欺骗!"

"她们只有在最开始改变形态,才能欺骗人类接受自己。"博士拍了拍基因调制器,"她们影响了一代又一代人,引导人类走到了今天。坦崔姆掐灭生命的火苗,从尸体中汲取能量,但不会止步于此。等她们杀光罗马帝国的每一个人,巢穴中将会诞生无数她们的同类。"

"然后她们就启程前往新世界,"亚兹说,"用同一套把戏欺骗那里的人。"

格兰姆面色苍白,"博士,你说过你要阻止她们。"

"我会的,我必须阻止她们。"博士把脸埋进手里,"快想办法……"

地下墓室再次强烈地摇晃起来,震得所有人都摔倒在地。维特斯跌跌撞撞地从前厅走进来,面露惧色。

"有东西过来了!"他喊道。

"为什么不行了?"莱恩一边徘徊一边问道,"我们必须回到博士和其他人那儿……"他看着莉丝敲打墙壁上的石板,想把传输界面重新调出来。

"我也想回去,但通道打不开了!"莉丝沮丧地踢了墙壁一脚,然后痛得龇牙咧嘴。在地洞外面,尖叫声和从天而降的雷鸣似乎更响亮了。

一个被困在战场上的士兵扒拉着封锁入口的岩石。莱恩透过缝隙向外望去,看见了一个比自己年轻的男孩。

"求求你!"年轻士兵绝望地喊道,"让我进去!他们来了!"

话音未落,一个死去的匈人便从背后袭击了他。士兵了无生气地倒在岩石上,跟攻击者一起被金光吸走体内的能量,直到化为灰烬。

莱恩难过地移开了视线。莉丝搭着他的肩膀,"走吧。"她温柔地说,"如果打不开传输通道,我们就得走好长一段路回去。"

刹那间,一道金光照亮了地洞,莱恩以为通道又打开了。但金光不是从石板里发出来的,而是从岩石间的缝隙透进来的。莱恩和莉丝纷纷后退,看着岩石摇晃起来,轰然倒塌。

一只怪物疾步冲进了他们的避难所:它长得像一只闪光的巨大虫子,骨架般的双翅在背后抽搐,还长着多节的长腿。眼睛位于圆锥形的脑袋两侧,嘴巴里塞满了如同无数条蠕动的蛆虫的小舌头。外面还有很多这种生物。

莉丝害怕地按着肚子,"它们是什么东西?"

眼前的怪物从黏糊糊的皮肤里伸出鳞峋的爪子,开口道:"我们是坦崔姆。"

"女巫怎么变成这样了?"她摇了摇头,"它们太多了!"

"快跑,莉丝!"莱恩喊道,"没命地跑!"

但已经迟了。坦崔姆嗡嗡地扇动翅膀,冲上前用爪子掐住了莉丝的喉咙。莱恩立刻举起枪,而莉丝也做好了近距离射击的准备。随着一枪又一枪的红色火光,坦崔姆在光芒中爆炸了。莱恩一把抓住莉丝的胳膊,拉着她跑了起来。

然后,坦崔姆重新出现,仿佛无事发生。

"它们比我们强太多了。快跑!"莱恩把莉丝推到自己身前。他跟在后面狂奔时,听见更多的坦崔姆飞进了地洞。

"传输通道是它们的。"莉丝上气不接下气地说,"我觉得它们会打开的!"

## 32

又一轮冲击波撼动着隐匿之厅。亚兹摔倒在地,但博士似乎毫无察觉,盘腿坐在地上凝视着基因调制器。

埃提乌斯汗流浃背,拔出了自己的剑,仿佛它能发挥什么作用似的。"那些女巫想把我们统统活埋。"

"也许,她们想把我们排除在收割之外。"亚兹猜测道。

"活埋太不人道了。"博士说,"她们更像是为了把我们赶出去。"

"坦崔姆把我碰到的那个商人烧成了灰。"格兰姆愁眉苦脸地看着埃提乌斯,"对不起,统帅,你的奴隶也被烧死了。"

"康苏斯死了?"埃提乌斯放下剑,双眼湿润,"坦崔姆还把狄奥多里克烧成了灰。"

"我说不定也会落得这个下场。"格兰姆叹了口气,"还有阿提拉。"

"我不害怕恶魔。"阿提拉坚称,来回揉搓着自己的太阳穴。

"莱恩和莉丝去哪儿了?"格兰姆问,"他们怎么还没回来?"

"问得好。"博士站了起来,"希望他们没有碰上什么麻烦。"

维特斯从墙上裂开的豁口走回来,"士兵们焦躁不安,想离开墓室出去战斗。"

"然后白白送死吗?"博士说,"这么做只会帮了坦崔姆的忙。"

"但像懦夫一样退缩可帮不了任何人。"阿提拉说。

"内讧也是。"埃提乌斯像往常一样使出了外交手段,"维特斯,告诉士兵们过会儿就行动。"

"好的,长官。"维特斯不安地退回了外厅。与此同时,球体上的发光画面消失了。

"屏幕灭了。"亚兹意识到。

"说不定待会儿就死而复生了。"格兰姆勉强开了个玩笑,"你们觉得是什么原因?"

"电流故障?"博士伸出音速起子,从阴暗的墙壁里牵出一道金光,"刚才的传输线路似乎失效了,但现在又修好了——"

突然,一只变形的巨大怪物从金光中爬了出来。

"小心!"博士对准控制器,关闭了金光,但仍有两只怪物抢先跑了出来。

其中一只径直冲向挥剑迎战的阿提拉。剑尖深深地刺入惨白发光的躯体，但没能阻止怪物继续向前。埃提乌斯及时抓住阿提拉，把他推向一旁，怪物转而扑向埃提乌斯，喉咙里发出了一声怒吼。这时，一道明亮的绿光射进怪物的双眼。它连连后退，怒吼化成一声尖叫，身上仍然插着阿提拉的剑。

"快点！"格兰姆朝埃提乌斯和阿提拉喊道，"快跑去你们的士兵那边！"亚兹看见他不顾一切地握着一根激光笔。

两位首领立刻从格兰姆身边冲向外厅。博士拔出音速起子，对准插在怪物身上的剑。只见怪物被一股能量击中，飞过石头祭台，撞上了墙壁。

"干得好，博士！"格兰姆发出欢呼，"它们到底是什么东西？"

博士着迷地盯着怪物，"重生的坦崔姆。"

亚兹感到一阵强烈的恐惧，"它们不能再像以前一样屏蔽我的大脑了，对吗？"

"它们现在就像新生儿一样。"博士说，"除了食欲，没什么其他想法。"

亚兹看见另一只怪物猛地冲向博士，不禁喊道："还有杀戮欲。当心！"

博士没有躲闪，而是将基因调制器按在了怪物黏糊糊的脸上。"取样！"一道黑色的火光迸发出来，坦崔姆随即躲到了一边。此时,数道不连贯的红光击中怪物的身体,维特斯正站在格兰姆身边大肆开火。

博士趁机跑向格兰姆,手中仍然拿着调制器。第三只怪物蠕动过来,然后一边跳向维特斯,一边扇动嶙峋的黑色翅膀飞了起来。格兰姆和博士被撞向两侧,倒在地上。怪物的利爪刺中维特斯,他弓着背,来不及发出一声惨叫。

"不!"博士喊道。

怪物贴在维特斯的尸体上,发出了呼哧呼哧的吸食声,亚兹感到胃里翻江倒海。尸体抽搐不已,骨头纷纷脱离,最终化为灰烬。

"可怜的家伙。"震惊不已的格兰姆轻声说。

血淋淋的怪物摇晃着后退,笼罩在金光中。亚兹看见博士抓起了喷漆。"小心手榴弹!"她一边喊,一边把罐子滚向坦崔姆,吓得它仓皇后退。博士和格兰姆趁机冲向出口,亚兹则捡起枪朝天花板开火。击碎的石块倾泻在怪物身上。

"保留一点火力。"博士搭着亚兹的肩,动作温柔,"你一定累坏了。"

"辛苦了。"格兰姆说。

"这次真的无路可走了。"亚兹注视着博士的双眼,"我们还能做些什么吗?"

"我们可以做笔交易。"博士说,"我可以争取一点时间。"她走向对话盒子,重新调出传输线路。"我是博士。"她的声音从外面传了出来,十分洪亮,"你们知道我来自其他星球,也知道我是乘坐宇宙飞船来到这里的。其实,它可以进行时空旅行。在我的帮助下,你们可以终结这场漫长的游戏。"

格兰姆看起来十分不安,"博士,你确定要告诉它们……"

"试想一下,如果你们在播种后可以直接跳到五百年、一千年甚至几千年以后……"博士来回踱步,声音越来越洪亮,越来越充满热情,"想想吧!无须等待就可以进行新一轮收割!你们将接触更先进的文明,手握瞬间消灭数百万生命的武器!我可以让你们实现这一切,只要先放过我的同伴们。"

"博士!"亚兹喊道,"不要!"

对话盒子迸出火花,金光渐渐熄灭。博士看着格兰姆和亚兹,"你们觉得她们会感兴趣吗?"

亚兹颤抖着说:"我们马上就会知道了。"

莱恩跟在莉丝身后,在阴暗的墓室里全速奔跑。他两次摔倒在地,忍不住骂出了声。作为运动障碍患者,他只能缓慢稳健地奔跑,但如果不加快脚步……

他再次摔倒在地,"该死的!"

莉丝喘着粗气,转身回来找他,"没事的,莱恩。"

"有事!"他喊道,"快跑!我在拖累你。你必须回去,你的伙伴需要你。"

"但——"

"快,快跑!"

"记得沿着通道前进,好吗?不要绕圈子。"

莱恩点了点头,看着莉丝冲进前方的黑暗中。接着,他意识到,在多轮爆炸和无数尖叫的刺激后,自己出现了耳鸣的现象。在高分贝的嗡鸣声中,莱恩勉强听见了一阵急促的脚步声。

他转过身,立刻惊声尖叫,但很快闭上了嘴。


亚兹不舍地望了一眼地上的灰烬,然后跟随博士和格兰姆走进了亮着幽光的外厅,里面挤满了士兵和战马。阿提拉和埃提乌斯正在狭小的空间里咆哮着下达命令。

格兰姆拉了一下雕像的手臂,关拢了石门。

"待在这里帮我放哨。"博士对格兰姆和亚兹露出了鼓励的笑容。她跑向另一侧已经崩塌的石阶,举起胳膊,手中的基因调制器如同一座闪闪发光的奖杯。

"她要开始了。"格兰姆说。

"大家听我说!"博士喊道,室内瞬间鸦雀无声,"敌人已经进来了,估计还有更多在路上。我已经向坦崔姆提出了见面的请求,如果它们同意的话,我希望能尽量分散它们的注意力,争取时间让你们逃跑。你们必须朝不同的方向跑,分散在树林里,跑得越远越好——"

她还没来得及说完,地下墓室便剧烈地震动起来,仿佛挨了巨人的一脚。所有人都摔倒在地,战马受惊脱缰,把恐慌的士兵踏在蹄下。格兰姆气喘吁吁地跪在地上,还拽倒了亚兹。天花板被某种异常强大的隐形力量掀飞了,亚兹赶紧捂住了脸。

"博士,"格兰姆喊道,"它们应该听见了!"

亚兹抬起头,瞬间被恐惧淹没,心脏怦怦直跳。明亮的光芒令人目眩,在夜空中扭曲晃动,如同一位被玷污了庙宇的愤怒神明,对渺小的人类感到不满。除了光芒,亚兹还看见黑色的飞船悬在燃烧的天空中。

接着,亚兹感到头晕眼花,大脑停止了思考,脑海中闪烁着金色光点。不,她心想,不要再来一次……

她听见耳边传来格兰姆慌张的呼喊,听见他叫着自己的名字。但已经迟了,坦崔姆带走了她。

坦崔姆的愤怒化成强光在天空中翻腾,博士伸手遮挡住双眼。叫喊声逐渐消退,地下墓室的士兵们纷纷倒下,不再动弹。"哦,天哪。新生儿可不会有如此威力,看来我该和女王蜂见面了!"她直起身子,振作精神,"因克里?"

博士转过身,发现莱恩沐浴着金光,悬浮在半空中,亚兹也旋转着飘向了他。两个人仿佛受到了吵闹鬼的捉弄,在温和的光芒中无力反抗。

"不,"博士低声说,"不该是你们两个……"

"你不能欺骗我们,博士。"坦崔姆的图像显现出来,同时飞船里清晰地传出因克里低沉、刺耳的声音,不过那种沧桑感已一扫而光,"我们抓到了你的同伴。你没有希望获胜,也无法抵抗我们。现在,立刻向坦崔姆投降!"

## 33

博士的视线越过悬在半空的同伴，落在了坦崔姆的黑暗女王身上。因克里占据着整片天空，如同全息影像一般从巢穴中投射出来，露出了耀眼的微笑。

"好了，因克里！"博士喊道，"我说过了，我只想做笔交易。只要你不伤害其他人，我就会帮助你。"

一道闪电击中跪在博士身后的士兵，他的身体颤抖着分崩离析，化为一团红色的微粒。一旁的马儿发出嘶鸣，想要挣脱缰绳，但也被闪电击中了，尸体的养分立刻被吸收殆尽。

"够了！"博士怒吼道，"我说了不要伤害任何人——"

"你不能提条件，博士。"因克里说，"我们会让平原上一切生命全都死去。"

"我猜，今天的战斗为你们提供了足够的能量？"

"虽然人类能提供最上等的能量，但其他生物的能量也同样重要。不久之后，我们将席卷整个帝国，从这里到罗马、亚历山大、安条克、君士坦丁堡……"

"没必要这样做!"博士喊道,"我会和你们一起寻找其他合成能量的方法。如此一来,你们就再也不必杀戮了。"

"但我们喜欢杀戮,博士。"天空中再次投下无数道噼里啪啦的闪电,士兵的尖叫和战马的嘶鸣此起彼伏。亚兹和莱恩在金色的光芒中颤抖、旋转。

"如果你的同伴来自这个世界的遥远未来,那就能解释基因的问题了。"

"他们衣服里的合成纤维能够证明这一点,不如测试一下吧?"博士仰望着因克里,"你能不能也测试一下我的另一个同伴格兰姆?"

一阵寂静之后,亚兹和莱恩周身的光芒变暗了,两个人不安地抽搐起来,好像正在做一场噩梦。

"好吧,看来你不能。"博士说,"因为你不能冒一丝吸收格兰姆或阿提拉的风险,所以不得不派新生儿来杀死我们,而不是直接利用天空中的闪电进行无差别杀戮,对吗?"

"博士!"格兰姆从缓缓打开的大门旁边撤离,"那些杀死维特斯的怪物追过来了!"

"它们能够辨别哪些该杀,哪些不该杀。快过来,格兰姆。"

他跑向博士,"莱恩和亚兹还好吗?"

"他们正在接受极其仔细的检查,足以让坦崔姆忙上一阵子了。"博士环顾四周,轻声呼唤,"阿提拉,这些怪物也会来找你的。如果你能躲开它们,尽量跑进墓室深处,也许可以——"

"不必了。"阿提拉骑着咬鬃从一根粗壮的圆柱后面现身,又从地上拾起一把剑,"我是上帝之鞭阿提拉。一位劫掠了半个帝国的首领难道会转身逃匿吗?"

苍白瘦削的坦崔姆纷纷出现,嘴巴猛地张开,蛆虫般的巨大身体慢慢伸出了爪子。"难道不应该从那群怪物身边逃跑吗?"博士拍了拍咬鬃的屁股,然后抓住了格兰姆的手,"快跑!"

格兰姆和博士一起逃往出口,心几乎跳到了嗓子眼儿。金色的光芒束缚着莱恩和亚兹,让他们一直飘浮在距离地面数米高的半空中。

格兰姆无助地看着他们,对博士说:"坦崔姆会杀了他们,对不对?"

博士还没来得及回答,就被马蹄声打断了。阿提拉骑着咬鬃,从他们身边冲了过去。这匹健壮的战马在古老的石板上奔腾,如同踏在安特里[1]的草皮上一样。

可是,马儿的速度还是不够快。

天空突然释放了一道闪电,正中咬鬃的胸膛。虽然格兰姆以

---

1. 安特里赛马场位于英格兰默西塞德郡安特里,以每年在这里举行的越野障碍赛马比赛而闻名。

前从未听过马儿痛苦的嘶鸣,但他以后永远不会忘记这个声音。

"咬鬃!"博士喊道。马儿已经化为灰烬,能量被尽数吸走。阿提拉滚落在杂草丛生的小道上,撞到了一座被葱郁草木包围的墓碑。

"这些邪恶的女巫发疯了……"格兰姆惊惧不已,看见坦崔姆半跑半飞,一齐冲向落马的阿提拉,"博士,我们什么也不能做吗?"

"咬鬃已经做了一切。"博士的眼中燃起了火焰。她凝视着半空中的光芒,从口袋里掏出了基因调制器。"你准备好对付我了吗,因克里?"她喊道,"我早已做好对付你的准备了!"

"不!"天空中传来一声尖叫,低沉和尖厉的声线合二为一,因克里的图像逐渐扭曲,"坦崔姆遭到了污染……"

"你不该吞下可怜的咬鬃!"博士喊道,"你只顾着检查人类的身体,但从未想过我可能还帮助过一匹卑贱的马儿,对吗?"

格兰姆回想起来,"没错,你给它涂过药膏!"

白色的光线从金色的光芒中冒了出来,像喝醉了酒似的胡乱拍打。亚兹和莱恩从空中直直地掉落在草地上,博士和格兰姆赶紧冲到了他们身边。

"我觉得他俩没事。"博士判断道。

"当然。"格兰姆赞同道,"毒素能阻止坦崔姆吗?"

"恐怕不能。"她双手抱着调制器,"你去拯救匈人阿提拉,而我还有一次机会拯救他想征服的这个世界。"

格兰姆低头看了看手中的枪,然后奔向淌着口水朝阿提拉逼近的坦崔姆,喊道:"那就开始吧!"

"开始吧!"博士赞同道。她启动调制器,检查着翻译元件,"最后一次编程还保存在记忆体里吗?有了!"

"博士。"亚兹有气无力地说。

"真高兴看到你们没事!"博士喊道,"不过,我现在有点儿忙!"

"发生了什么?"莱恩揉着疼痛的脑袋问。

"嘘!快去帮助格兰姆!"博士喊道,"坦崔姆暂停了重生,打算把咬鬃的能量排出去。"

"咬鬃?"亚兹感到一阵悲伤,摇了摇头,试着清醒过来,"它……死了?"

"但我们会永远记住它的!这一切其实是治愈药膏造成的。"

莱恩笨拙地坐了起来,"你是说,药膏对坦崔姆造成了伤害?"

"对,但并不严重。毕竟,它们早已吸收了遍布战场的新鲜能量。"博士用音速起子对准调制器,头也不抬地说,"我真的时间紧迫,不要再闲聊了,快去帮忙!"

与此同时,莱恩看见格兰姆正努力把阿提拉从战斗中拽出来。

"快用你手中的魔法,老伙计!"阿提拉吼道,挣脱了他的手。

"没有能量了!"格兰姆喊出了声。

数秒后,一群士兵在新生坦崔姆的追捕下蜂拥而出。因克里急于应付危机,对新生儿的控制有所降低。这些怪物除了进食别无所知。它们口吐闪电,享用着尸体的养分。

埃提乌斯骑在马上一跃而起,努力驱赶盘旋的坦崔姆,阿提拉则举起剑,带领匈人跟罗马人一起并肩作战,攻击四面八方的怪物。莱恩低声感叹道:"好一场剑术比拼!"亚兹感到无比震撼,点了点头。

"等一下,我还有这个玩意儿!"格兰姆把激光笔对准坦崔姆变形的双眼,试着打乱它们的行动。莱恩举起自己的枪朝怪物周围的地面开火,亚兹则忙于把伤员抬进安全区。看见莉丝跌跌撞撞地从墓室走出来,莱恩不禁松了一口气。她加入了抵抗,可更多的坦崔姆蜂拥而至。

不管你在做什么,博士,莱恩心想,请一定要分秒必争。

一道微弱的绿光从坦崔姆的巢穴中倾泻出来。

"来了!"博士低声说,"它们在吸收新的能量,同时排出受到污染的能量。如果我的动作够快的话……"她把重新编程的调制器插入土壤中，用音速起子切换坦崔姆的波段信号——在此之前，她就是用这种方法黑进了瞬间移动系统。

快啊！这个办法必须起作用，博士心想，一定要成功。"好了！"

突然，排出的能量从天空中开始流向调制器，如同闪电击中一根金属棍一般。能量吞没了博士的身体，她在痛苦中哀号，但仍然捣鼓着音速起子，反复增强信号。

空气中微光闪烁，因克里盘旋着出现了。她血肉模糊，手指嘎吱作响，细长的双腿不住地颤抖。她俯视着博士，在能量流中旋转。"你想黑进我们的系统做什么？"她嘲笑道，"受到污染的能量已经成功排出了。你只会在能量流中痛苦地死去。"

"我知道。"博士虚弱地露出微笑，"不过，你再仔细看看排出来的是什么？"

因克里转过头，发出了恐惧的尖叫，"我们的能量……"一股炙热的能量不断导入地面，"所有能量都被排出了！"

"坦崔姆彼此相连，使用的科技也是同一套基础系统。"博士在痛苦中握住音速起子，强迫自己保持清醒，"因此，像我这样聪明的人可以用基因调制器制作出交感神经共振，从而切入你们的飞船系统，持续排出所有能量。只要我一直控制着系统，你们就不能……"白色的光线增强了，她再次发出尖叫，"你们就不能阻止我!"

因克里眯缝着双眼,赫然逼近她面前,凶狠的脸庞在愤怒中扭曲起来,"我们将重新收集能量。"

"恐怕不行了。"博士说,"调制器原本是将你们的基因和地球本土生物的基因结合起来,从而创造出杂交种,对吗?"博士感到地面在震动,"可惜,你们如此痴迷于培养动物,以至于完全忘记了植物。"

因克里试着前进,但双腿好像被固定住了。青草从她身下生长出来,变黑后又萌发出新芽,巨大的根须和卷须从周围冒烟的土壤里伸出,粗壮的茎秆从她苍白的皮肤里钻出来。"博士!"她瑟瑟发抖,"你……你到底做了什么?!"

"我把人类DNA换成了植物DNA!"博士在灼热的光线中望着因克里,感觉脚下的土地在愤怒中抖动着。"你们为了维持生命而收集的所有能量都回到了土壤中。欢迎来到坦崔姆的美丽新世界,你们都变成了堆肥!"

此时,因克里已经无法开口了。十分致命的棘刺戳破了她的皮肤,刺穿了双眼,藤蔓从嘴巴里涌出,扎进了动荡不安的泥土中。从此,坦崔姆与杂草丛生的墓园融为一体。

博士闭上双眼,努力忍住疼痛,关闭了排出能量的系统。藤蔓在她身边肆意生长,变得愈发粗壮,青草拂过了她的皮肤。突然,地面猛然裂陷,眼看就要将她活埋。

## 34

"这是怎么回事？"莱恩环顾四周，喘着粗气。上一秒，他还在跟莉丝、亚兹并肩战斗；下一秒，坦崔姆全都轰然倒下，黏糊糊的皮肤逐渐硬化，僵硬的外壳绽放出了难看的花朵。

埃提乌斯浑身是血，精疲力竭地退了回来，"发生了什么？"

莉丝用尽最后一丝力气，朝附近的坦崔姆投出匕首。武器无力地打在从怪物体内长出的白色灌木中，发出了沙沙的声音。植物迅速开裂、冒烟和腐烂。"我觉得……它们正在死亡。"

阿提拉上气不接下气，放下了剑。"都住手！"他吩咐手下，"她说得对。这也许是博士施的魔法？"

"你们看！"亚兹指着一个方向喊道。莱恩在一丛怪异的植物里看见了博士的靴子。这些植物迅速生长、枯萎和死亡，仿佛迫切地渴望抓住天空。

"博士快被闷死了！"格兰姆喊道，"我们快去帮忙！"

莱恩和亚兹先跑了过去，格兰姆和莉丝紧随其后。一簇蓬勃生长的枝条似乎正努力想把博士拉下去,他们只好一齐把博士往外拽。莱恩听到了音速起子的嗡嗡声。"她还活着!"他喊道,"继续使劲!"

天色渐暗,空中的光线跃动着火花逐渐消失。与此同时,音速起子的声音停止了。

"博士!"亚兹喊道。她和莉丝疯狂地撕扯着枯黑的植物,格兰姆和莱恩则努力把人拽出来。格兰姆抬起头,发出一声呻吟。天空中的坦崔姆巢穴正在逐渐逼近,巨型飞船开始下落。

"当心!"格兰姆喊道,恐惧得挪不动脚。

终于,莱恩从藤蔓中拽出了博士的手臂,音速起子从她手中滑落。与此同时,坦崔姆的飞船掉了下来,又眨眼间消失了。

随着最后一次雷鸣般的破裂声,调制器碎了,整个世界颤抖起来。周围的植物不断枯萎、皱缩。异乎寻常的大风汹涌过境,空气中充满了腐臭味儿,仿佛坦崔姆在死前呼出了最后一口气息。

然后,支离破碎的墓园不安地笼罩在一种全新的氛围中。

"安宁,"埃提乌斯轻轻地说,"世界上还能找到安宁之所吗?"

"你的话太多了。"阿提拉说,"战争暂时结束了,就是这样。"他把剑扔进表面粗糙的植物丛中,一滴形似焦油的墨黑的液体从豁口处渗了出来。

"这些植物已经枯萎了,"亚兹说,"但仍然活着。"

"就像坦崔姆一样。"莉丝说。

"它们就是坦崔姆。"格兰姆说,"因克里和她的姐妹们……"

"将被困在这副躯体里活上漫长的一千年?真是活地狱。"亚兹附和道。

"反正这里是一座墓园,对不对?"格兰姆挤出一个微笑,"至少它们能无拘无束。"

"维特斯?"莉丝环顾四周,皱着眉头,"维特斯,你在哪儿?"

"战争结束了。"莱恩走到她身边,"现在该哀悼了。"

晚上,他们回到树林里,仰望着星空。莱恩说得对,亚兹心想,现在该哀悼了,应该对每条牺牲的生命表达感激。他们失去了太多的伙伴:战场上的无数士兵和坐骑、可怜的维特斯——为了保护大家英勇就义,还有身材结实、双眼发亮的咬鬃——它的牺牲拯救了世界。

现在,亚兹回到了第一次见到咬鬃的林中空地,尽管力场发电器已经夷平了这片土地。她看着战争的幸存者——匈人和罗马人——齐心协力拉动绳索,将塔迪斯立了起来。埃提乌斯和阿提拉站在一旁注视着这一行动。尽管士兵们看起来仍然十分憔悴和疲惫，但两位首领却迅速拾起了镇定自若的威严。两人都希望博士、她的同伴以及魔法永远离开战场。

博士安静地坐在匈人的马车里，脉搏虚弱，衣服焦黑，皮肤因烧伤而黏糊糊的。她一整天都在昏睡，仿佛陷入了濒死的昏迷状态。

不要让我们失去你，亚兹心想，永远不要。她尽可能地紧握住博士的手。

"她醒来后一定会感谢你捏断了她的手指。"莱恩说着，一直握着另一只手。

最终，格兰姆的问题唤醒了博士，可能因为只有她才答得上来。

"坦崔姆的飞船发生了什么？"格兰姆沉思道，"前一秒还打算压扁我们，后一秒就消失了。"

"飞船原本想跳回过渡地带，从而停止排出能量。"博士睁开双眼，"但我一直用音速起子控制着飞船的系统，保持排出模式。音速起子停止后，瞬间移动系统就开始发挥作用。"她露出笑容，"现在，坦崔姆的飞船遥不可及，永远迷失在了两个世界之间的缝隙里。"

"在你滔滔不绝说话时，我的脑子也迷失了。"格兰姆开了个玩笑，"欢迎回来，博士！"

此时，欢迎博士的是一个迥异的世界：死者得以安息，干预和破坏生命的坦崔姆也不见了。卡塔劳尼亚平原遭到摧毁，方圆数英里都寸草不生。假以时日，平原会恢复的，亚兹乐观地想，就像我们所有人一样。

"西哥特国王去哪儿了？"莉丝问自己的长官埃提乌斯，"他的士兵们离开了战场。"她过来是为了送别莱恩。

"我说服了多里斯蒙德，告诉他现在不是跟匈人战斗的时候。"埃提乌斯高傲地看了她一眼，"他有几个南方的兄弟也想当国王。也许，他应该建立自己的王国。"

格兰姆点点头，"一旦战胜了匈人，你和西哥特人就没有共同的敌人了，他将立刻反目。"

"我懂了，这样可以互相制衡。"莱恩把玩着没有能量的激光枪，"而且经历了这么一出，大家应该都没有心思战斗了。"

莉丝看着他，露出了悲伤的笑容，"也没有时间逗留了？"

亚兹为莉丝感到伤心，因为后者失去了太多：维特斯、地下墓室和那堆外星高科技设备都在最后那场战役中化为尘烟，倒是切合了迷烟军团的名字。

"我必须离开。"莱恩笨拙地走向她，"这不是我的时代，也不是我的家乡。我得和家人在一起。"

"他们在不列颠？"

"不，"他对博士、亚兹和格兰姆露出了笑容，"他们就在这儿。"

莉丝点了点头,脸上的笑容更加温暖了,"你们会一直驱逐黑暗,对吗?我也会一直在世界上寻找更优秀的魔法。"

"魔法真的存在,莉丝。"博士告诉她,"并非都是镜花水月。"

"只懂得魔法的女巫当然会这么说。"阿提拉笑道,"无论是真是假,都是我的宝马摧毁了敌人。阿提拉拯救了所有人!"

亚兹翻了个白眼,"怎么不说是你强迫坦崔姆吸收了可怜的咬鬃?"

"没错!我的旨意不容置疑。"阿提拉堂而皇之地说,"如果我要统治世界,其他人就必须臣服于我!"

埃提乌斯发出了干巴巴的笑声,"你的想象力确实不错。"

"你开玩笑是因为害怕了!"阿提拉从塔迪斯旁边走了过去,"如果没有军队,你不可能跟匈人抗衡。我们比你们更占优势。"

"这是一场持久的战争,阿提拉。"埃提乌斯疲惫地说,"你实现了自己在高卢的抱负,给子民运回了一千辆满载战利品的货车,而我巩固了罗马的统治。"

阿提拉微笑道:"暂时如此。"

"更重要的是,我们一起战胜了坦崔姆的黑暗魔法。"埃提乌斯用严肃的口吻说,"我们战胜了敌人,因为这是上天的旨意。只有战争能让我们判断孰对孰错。"

"战争不决定谁对了,只决定谁留下了。"博士像跳跳虎一样跳下了马车,"这是伯特兰·罗素[1]说的。当时我们一边喝茶,一边吃着司康饼。真好,是不是?"

"呸!"阿提拉哼了一声,"你离开我们才叫好呢,女巫!"

埃提乌斯指了指塔迪斯,"我们会把你的帐篷装上货车,然后——"

"不用了,谢谢。"博士跑到门前,把钥匙插了进去,"对了,在墓园外面围上栅栏好吗?别让人进去……以防万一。"

亚兹激动不已,同莱恩、格兰姆一起跟随博士走进了塔迪斯。埃提乌斯、阿提拉和士兵们不怀好意地注视着他们,而莉丝转身走出了荒芜的林中空地。

莱恩看着她的背影,叹了口气。亚兹原本想紧紧握住他的手,但犹豫了一下,没有伸手。反倒是莱恩主动握住了她的手,没有丝毫犹豫。

"呃,博士,"格兰姆轻声说,"埃提乌斯和阿提拉最后怎么样了?"

"两人都在几年内去世了,"博士回答道,"各自的帝国也随之分崩离析。"

---

1. 伯特兰·亚瑟·威廉·罗素(1872—1970),英国哲学家、数学家和逻辑学家。

"所以,这些战争和杀戮毫无意义。"莱恩说。

"战争总是毫无意义。"博士告诉他,"不过,在经历了这一切之后,两位首领站在了一起。"她微笑着把刘海从眼前吹开,"历史不会铭记他们在这里的所作所为,但是……"

亚兹也露出了微笑,"这又不是世界末日。"

"对了!我最好先把力场发电器修好。"博士说,"万一在起飞的时候撞上了黑白兀鹫……"

"别,"莱恩说,"千万别!"

几分钟后,塔迪斯发出了呼哧呼哧的呻吟声,闹出的动静如同一群乡巴佬在畅饮最烈的私酿酒。

埃提乌斯惊奇地目送塔迪斯逐渐消失,阿提拉则开怀大笑。

"再见,女巫!"匈人首领冲着空中喊道,"祝你的魔法永远成功!"